Die jungen Taschenbücher im BASTEI-LÜBBE-Programm

Die jungen Taschenbücher

HARRIET MAY SAVITZ

Wenn Träume zu früh sterben müssen

Roman

Ins Deutsche übertragen
von Cécile Lecaux

BASTEI
LÜBBE

BASTEI-LÜBBE-TASCHENBUCH
Die jungen Taschenbücher
Band 18 201

Erste Auflage: Juli 1991

Deutsche Lizenzausgabe 1991
Bastei-Verlag Gustav H. Lübbe GmbH & Co., Bergisch Gladbach
Originaltitel: Remembering Jennifer
Titelfoto: Tom Voigt
· Umschlaggestaltung: Quadro Grafik, Bensberg
Satz: Fotosatz Steckstor, Bensberg
Druck und Verarbeitung:
Brodard & Taupin, La Flèche, Frankreich
Printed in France
ISBN 3—404—18201—4

Der Preis dieses Bandes versteht sich einschließlich
der gesetzlichen Mehrwertsteuer.

1

»Neuste Ausgabe der Aaabendzeitung!« tönte Johnnys kraftvolle Stimme über den langen hölzernen Promenadensteg.

Christopher Ryan, der ebenfalls auf der Uferpromenade unterwegs war, beschleunigte seinen Schritt.

Er hoffte, daß er Johnny und der Unterhaltung, die sich bei jeder Begegnung mit ihm ergab, aus dem Weg gehen konnte, aber wie üblich schaffte er es nicht. Es war auch schwierig, sich auf einer Promenade, auf der sich nur eine Handvoll Spaziergänger verlor, unsichtbar zu machen. Die Scharen der Sommerurlauber waren bereits wieder abgereist.

»Hallo, Christopher!« Mit einem Lächeln auf dem von Falten durchzogenen Gesicht schob Johnny seine Zeitungstasche auf die Seite. »Arbeitest du immer noch bei Freddie? Warum willst du in seiner Fischbude bleiben, wo du doch für mich arbeiten könntest?«

Christopher gab ihm nur einen freundschaftlichen Klaps auf die Schulter. Er war erleichtert, als ein Passant Johnny um eine Zeitung bat.

»Bis später«, sagte er, während Johnny aus dem Münzwechsler, den er an einem Gürtel an der Hüfte trug, dem Kunden das Wechselgeld abzählte. Er wollte in den Ruhestand treten und hatte sich in den Kopf gesetzt, daß Christopher genau der richtige war, um am Kiosk und in der Saison auch auf der Promenade seinen Platz einzunehmen. So war es in Star-Brite nun einmal. Von jedem, der dort lebte, wurde erwartet, daß er auch dort blieb, denn wer einmal am Meer gewohnt hatte, konnte sich niemals anderswo wohlfühlen.

Christopher lief weiter geradeaus. Es war so unruhig, daß er einfach noch nicht nach Hause gehen konnte. Er brauchte das Rauschen des Meeres, um sich zu beruhigen. Doch heute schien selbst der Ozean verrückt zu spielen. Vom sommerlichen Frieden war nichts mehr zu spüren, und das aufgewühlte Wasser schien die herbstliche Stimmung noch zu unterstreichen. Der Himmel war grau, und das Meer darunter nur einen Ton dunkler.

Ein paar Schritte von Christopher entfernt hatte sich eine Seemöwe im Sand niedergelassen. Auf einem Bein balancierend trotzte sie dem Wind, der ihr Federkleid kräftig aufplusterte. Dann flog sie plötzlich mit einem Schrei, der wie ein Kinderschrei klang, davon, wie auf ein geheimnisvolles Signal. Christopher blieb einen Augenblick stehen und blickte auf die Wellen in der Hoffnung, sie könnten seine düstere Stimmung davonspülen. Ihr gleichmäßiges Rauschen hatte ihn bisher immer Ruhe finden lassen.

Dann richtete sich seine Aufmerksamkeit auf ein blondes Mädchen, daß an ihm vorbeijoggte. Sie trug ein grünes Schweißband um den Kopf. Christopher fühlte den Impuls, sich ihr einfach anzuschließen. Er hätte nur das Tempo aufnehmen und ihr über die Promenade zu folgen brauchen, bis sie nebeneinander gelaufen wären; und dann hätte er sie angelächelt, und sie hätte sein Lächeln erwidert, und wenn sie das Ende der Promenade erreicht hätten, wären sie stehengeblieben und hätten sich unterhalten, bevor sie weitergelaufen wären. So jedenfalls funktionierte es im Fernsehen.

»Hallo, ich heiße Christopher, Christopher Ryan«, würde er sagen und dabei am Geländer ein paar Kniebeugen machen.

Sie würde mit einem strahlenden Lächeln antworten, und er würde das Grübchen in ihrer linken Wange bemerken.

»Trainierst du oft hier auf der Promenade?« würde sie fragen und dabei ein wenig näher kommen, während er, um warm zu bleiben, auf der Stelle laufen würde.

»Jeden Tag ungefähr um diese Zeit«, würde er lächelnd antworten, so wie jemand, der genau wußte, was er wollte.

Sie würde einen Blick auf die Uhr werfen und sagen: »Dann bis morgen zur selben Zeit«, und er würde sie in der Gewißheit gehen lassen, daß sie am nächsten Tag wieder dasein würde. Es war so leicht, so einfach — aber leider nur im Fernsehen.

Im wirklichen Leben hätte es sich niemals so abgespielt. Christopher wußte, daß er nicht hinter ihr hergelaufen wäre, und selbst wenn, dann hätte sie wahrscheinlich einen Freund gehabt, der am anderen Ende der Promenade auf sie gewartet hätte.

Kurz darauf verließ Christopher die Promenade, überquerte die Straße und schlug den Weg zum Haus des ›Christlichen Vereins Junger Männer‹ ein — wie jeden Samstag. Zuerst hatte er Training im CVJM, das bedeutete eine Runde Basketball mit denen, die gerade dort waren, danach ging er zum Krafttraining in den ›Savior Club‹ und dann zu Freddies Fischrestaurant, wo er ab vier Uhr nachmittags an der Kasse saß. Manchmal traf er sich abends noch mit seinem Freund Troy, und sie sahen sich einen Spätfilm an.

Es war immer das gleiche, vorhersehbar und langweilig, aber Christopher wußte nicht, wie er diesen Kreislauf durchbrechen sollte. Im Fernsehen, in den Serien und Werbefilmen, wußten anscheinend alle in seinem Alter ganz genau, was sie sagen oder tun mußten, wenn sie ein Mädchen kennenlernten oder ein bißchen flirten wollten. Er paßte bei den Filmen immer gut auf, aber wenn er selbst es genauso machte wie die Hauptdarsteller, dann klappte nichts von alledem. In der Schule nicht und nicht einmal im Sommer, wenn der Strand voller Mädchen war.

Wenn er beschloß, auf eins von diesen Geschöpfen in knappen Bikinis zuzugehen, die mehr zeigten als verhüllten, wurde er nervös. Er bekam schweißnasse Hände, und sein Mund wurde trocken, genauso wie wenn er vor der ganzen Klasse etwas vortragen mußte. Meistens verließ ihn schon der Mut, bevor er es überhaupt versucht hatte. Oft saß er einfach nur da und beobachtete seine Freunde, wie sie diese langmähnigen Sonnenanbeterinnen hartnäckig verfolgten und offensichtlich nicht von den Komplexen oder Ängsten geplagt wurden, die Christopher schon ausstand, wenn er nur daran dachte.

Im Sommer verpaßte er also seine Chancen,

und im Winter gab es keine. Jeder, der in einem Küstenort zu Hause war, wußte, wie leer, wie einsam es wurde, wenn die Touristen wieder fort waren. Irgendwie war es unnatürlich, fand Christopher. Jeden Sommer strömten fünfzehntausend Menschen in seine Heimatstadt, besetzten die Restaurants, feierten Partys auf den Verandas und kamen mit ihren bunten Sonnenschirmen an den Strand.

Auf den Straßen herrschte dann geschäftiges Treiben, man hörte Stimmengewirr und Gelächter, aber die Touristen rissen die Stadt an sich, als ob sie ihnen gehörte und das übrige Jahr niemand dort lebte. Zehn Wochen lang kam Leben in jedes Haus in jedem Viertel. Und dann, am ersten Wochenende im September, gingen sie wieder, und ließen den Ort so klein und unbedeutend, so ruhig und leer zurück, wie sie ihn vorgefunden hatten.

Anders als im Sommer kannte Christopher im Winter jeden, dem er begegnete, und jeder kannte ihn. So war es nun einmal in einer kleinen Küstenstadt. Seine Eltern kauften ihre Haushaltswaren schon seit Jahrzehnten in demselben Geschäft, holten ihr Geld auf derselben Bank, wählten ihre Lebensmittel auf demselben Markt und gingen zu demselben Arzt, und nie würde sich daran etwas ändern. Für alle hier war der Winter nur ein Zwischenspiel; alle lebten für den Sommer, wenn plötzlich Leben in den Ort kam, wenn man Geld verdienen konnte, wenn die Touristen in die Restaurants und zu den Verkaufsständen strömten, die wie an einer Schnur gezogen die Uferpromenade säumten. Das war es, wofür hier alle lebten.

Auch Christopher. Wenn die Sommergäste kamen, die die kleinen Cottages gemietet hatten, ließ sich leicht vergessen, daß Star-Brite nur elf Häuserblocks breit und sechs Blocks lang war.

Jetzt bedeckten herabgefallene Blätter den Gehsteig und die Bordsteine. Wie brauner Schnee, dachte Christopher und blieb plötzlich abrupt stehen. Eigentlich wollte er gar nicht in den CVJM, auch nicht Basketball spielen oder irgend etwas von dem tun, was er sonst jeden Samstag machte. Vielmehr wollte er sich auf einen Samstag abend mit einem Mädchen freuen, aber nicht mit einem sitzengelassenen, das sonst niemand haben wollte, sondern mit dem Mädchen seiner Träume.

Er hatte sich eine genaue Vorstellung von diesem Mädchen gemacht, nachts, kurz vor dem Einschlafen, wenn noch einmal die Bilder an ihm vorbeizogen, die er im Fernsehen gesehen hatte. Er war zu dem Schluß gekommen, daß er weder eine muskelbepackte Bodybuilderin wollte noch so einen Mannequintyp, bei dem von Figur keine Rede sein konnte. Er wollte ein zärtliches Mädchen, eines, das Zeit zum Reden hatte und nicht immerzu auf dem Sprung war, keuchend Gewichte stemmte und sich auf dem Ergometer abstrampelte. Er wollte ein Mädchen, das auch ihn wollte.

Er wechselte die Richtung und schlug den Weg nach Hause ein. Seine Eltern und er wohnten in einem Haus, das drei Blocks von der Hauptstraße und vier Blocks vom Strand entfernt lag. Den ganzen Winter über hatten sie das Haus für sich allein, doch im Sommer vermietete seine Mutter das obere Stockwerk, das zu einer separaten Wohnung umgebaut worden war. Die zehn Wochen im Sommer brachten mehr Geld ein als eine Vermietung für den ganzen Winter, und seine Eltern waren auf die Einnahmen angewiesen. Hinter dem Haus stand noch ein Bungalow, der im Sommer ebenfalls vermietet wurde, und während dieser zehn Wochen gab es meist Abwechslung und Aufregungen genug.

Als er zu Hause ankam, saß Mrs. Hunter, die Mieterin des oberen Stockwerks, auf der Veranda.

»Ich habe darauf gewartet, daß jemand nach Hause kommt«, sagte sie mit gerunzelter Stirn. »Der Wasserhahn in meiner Küche tropft . . . die ganze Nacht ging es tropf, tropf, tropf, ich habe kein Auge zugetan und mein Mann auch nicht. Sie wissen ja, wie das ist, dieses ständige Tropfen; ich hab' zwar versucht, den Hahn so fest wie möglich zuzudrehen, aber es tropfte nur weiter. Zu guter Letzt habe ich mir die Bettdecke über den Kopf gezogen, und heute morgen bin ich sofort heruntergekommen, aber es war niemand da . . .«

Christopher holte tief Luft, ganz im Gegensatz zu Mrs. Hunter, die beim Hervorsprudeln ihrer Beschwerde nicht ein einziges Mal Atem geschöpft hatte.

»Ich werde es meiner Mutter sagen«, sagte er.

»Vergiß es aber nicht! Noch eine schlaflose

Nacht verkrafte ich nämlich nicht, schließlich sind wir hier auf Urlaub, wo wir doch das ganze Jahr so schwer arbeiten, zumindest mein Mann, und jetzt bekommen wir nicht einmal unseren Schlaf! Also sag ihr bitte, daß sie sich darum kümmern soll.«

»Bestimmt«, versicherte Christopher ihr eilig. Er konnte Mrs. Hunter nicht leiden. Er hatte etwas gegen die Art, wie sie, ihr Mann und ihre unverheiratete Tochter das obere Stockwerk mit der gleichen Selbstverständlichkeit in Besitz nahmen wie die Touristen die Stadt. Das war das einzige, wofür er kein Verständnis aufbrachte. Da kam jemand, nahm einem sein Eigentum für kurze Zeit weg, benutzte es ohne ein Wort des Dankes und gab es dann verschmutzt und manchmal beschädigt wieder zurück.

Mrs. Hunter erhob sich vom Schaukelstuhl und ging um das Haus herum zu ihrem separaten Eingang.

Als Christopher die Küche betrat, fand er auf dem Tisch eine Nachricht vor.

Bin einkaufen gegangen. Bereite schon mal den Salat vor. Ich bin gegen fünf Uhr zurück; Dad muß heute abend arbeiten. Grüße, Mom.

Christopher ignorierte die Anweisungen. Er ging in sein Zimmer, öffnete den Kleiderschrank und schaute in den Spiegel, der innen an der Tür befestigt war. Ein Junge mit blonden Haaren, blauen Augen und breiten Schultern schaute zurück. Christopher stellte wieder einmal fest, daß sein Haar, das er über den Ohren und im Nacken lang trug, das beste an ihm war. Es reflek-

12

tierte die Sonnenstrahlen, die durch das Fenster in den Raum fielen. Seine Augen, entschied er, waren auch nicht schlecht. Sie waren blaugrau. Jemand hatte ihm einmal gesagt, er habe einen Schlafzimmerblick. Er streckte den Kopf vor und versuchte zu bestimmen, was an seinem Blick denn schlafzimmerartig war, konnte aber nichts entdecken. Seine Schultern waren vom Gewichtheben breit und kräftig geworden. Alles in allem war er keine abstoßende Erscheinung. Das Problem war nur: Wie schaffte er es, diese Erkenntnis im Sommer anzuwenden, wenn er auf einer Decke am Strand lag und vielleicht nur ein paar Schritte weiter ein hübsches Mädchen?

Jeden Sommer hoffte er, es würde einfacher werden. Statt dessen wurde es jedesmal schwieriger, und es kam ihm dann so vor, als ob zwischen ihm und den langbeinigen, braungebrannten Mädchen eine kilometerbreite Sandwüste läge. Als es im vergangenen Sommer einmal so kalt und windig und der Himmel so grau gewesen war, daß sogar die Rettungsschwimmer ihren Posten aufgegeben hatten, waren nur zwei Personen am Strand gewesen: ein Mädchen, das auf einer blauen Decke flach auf dem Rücken lag und eine Sonnenbrille trug, als ob sie direkt in die pralle Sonne blickte, und Christopher. Die Möwen waren mutiger gewesen als er, waren zu ihr hingehüpft und um ihre Decke herumgeflattert. Christopher hatte nur unbeweglich dagesessen, über tausend Möglichkeiten nachgedacht, wie er das Mädchen ansprechen könnte, und hatte alle wieder verworfen.

Er warf die Tür des Kleiderschranks zu, ging zu seinem Schreibtisch hinüber und holte aus der Schublade das Antragsformular hervor, das in der Woche zuvor mit der Post gekommen war. Christopher las es noch einmal, wie jeden Tag, seit es angekommen war.

Wir begrüßen Sie bei unserer Computer-Partnerschaftsvermittlung. Wir sind davon überzeugt, daß alle diejenigen eine erfüllte Partnerschaft finden können, die sich die Mühe machen, danach zu suchen. Darüber hinaus sind wir davon überzeugt, daß eine Partnerschaft Zeit braucht, um sich zu entwickeln, und diese Zeit lassen wir Ihnen. Lernen Sie Menschen dadurch kennen, daß Sie ihnen schreiben, dadurch, daß Sie zunächst etwas über sie erfahren.

Wagen Sie zu träumen, und handeln Sie so, daß diese Träume wahr werden. Lassen Sie Harry, unseren Computer, die Angelegenheit für Sie in die Hand nehmen. Wenn es um die Liebe geht, kann ihm keiner das Wasser reichen.

»Na los, Junge. Füll es schon aus«, hatte Freddie ihm zugeredet, als er das Formular in dem großen Berg Post, der für das Restaurant gebracht wurde, gefunden hatte. »Wir versuchen es beide mal! Wer weiß, vielleicht wartet ja eine süße Prinzessin auf uns. Kann doch sein, daß Harry wirklich was davon versteht.«

Freddie war ein Witwer in mittleren Jahren, und seine Auswahl an Frauen kam Christopher grenzenlos vor. Er konnte nicht verstehen, warum Freddie noch mehr Damenbesuch in seinem Restaurant haben wollte. Die ganze Woche lang hatte Freddie gestichelt, bis Christopher eingesehen hatte, daß er erst dann seine Ruhe haben würde, wenn der Antrag ausgefüllt und abgeschickt war. Freddies Formular für Harry war schon unterwegs.

Christopher nahm einen Federhalter aus dem Etui auf seinem Schreibtisch und drehte ihn zwischen den Fingern, während er versuchte, Antworten auf die Fragen in dem Formular zu finden. Er hatte eigentlich nichts zu verlieren. Er konnte den Antrag ausfüllen, und Harry würde die ganze Arbeit machen.

Er würde alle Daten sammeln, vergleichen und ein Mädchen für ihn finden. Es würde alles ganz einfach sein.

Briefe zu schreiben, war Christopher noch nie schwer gefallen, ja, er konnte sich meist sogar viel besser ausdrücken als in einer Unterhaltung.

Mit größerer Konzentration als bei allen Klassenarbeiten, die er bis dahin geschrieben hatte, trug er die nötigen Daten in das Formular ein. Bei ›Name‹ schrieb er ›Christopher Ryan‹. Dann gab er seine Anschrift und Telefonnummer an. Im Feld ›Beruf‹ schrieb er ›Schüler mit Teilzeitjob als Kassierer‹. Dann folgte ein Kreuz bei ›männlich‹. Bei der Altersangabe stutzte er. Siebzehn klang unreif. Wenn er aber achtzehn eintrug, konnte man glauben, er ginge bereits aufs College, und dann würde er vielleicht mit einem achtzehnjährigen oder noch älteren Mädchen zusammengebracht. Aber vielleicht hatte er Glück und lernte eine reife Frau kennen. »Also achtzehn«, entschied er laut.

Seine Größe gab er mit einem Meter fünfundsiebzig und das Gewicht mit siebzig Kilo an. Er wünschte, es wäre Platz für weitere Angaben gewesen, denn er war stolz auf seinen durchtrainierten Körper und hätte gern mehr darüber geschrieben. Statt dessen ging es weiter mit einem Kreuz bei ›ledig‹ für den Familienstand, und der Information, daß er noch bei den Eltern wohnte. Es folgten ein ›Nein‹ bei Raucher, ›Ja‹ bei Schwimmen, Rudern, Angeln, Skilaufen, und den meisten anderen Sportarten, die nicht in der Halle betrieben werden.

Bei der Frage *Verfügen Sie über einen Wagen?* wurde er ein wenig unsicher. In seiner Familie gab es nur ein Auto, und das benutzte sein Vater für die Fahrt zu seinem Arbeitsplatz in Dominics Restaurant, in einem etwa zwanzig Autominuten entfernten Nachbarort. Seine Mutter, die als Sekretärin arbeitete, fuhr immer mit dem Bus. Christopher fand, daß es nicht so gut aussähe, wenn er zugäbe, daß er nicht über ein Fahrzeug verfügte. Er kam zu dem Schluß, daß in diesem Fall eine ehrliche Antwort eher schädlich sein könnte, und schrieb ›Ja‹, obwohl es ihn jedesmal sehr ärgerte, wenn er der Wahrheit ein wenig nachhelfen mußte.

Bei der Bitte um eine Beschreibung seiner wichtigsten Eigenschaften betrachtete Christopher einen Moment lang nachdenklich seinen Federhalter und schrieb dann ›abenteuerlustig‹. Welche Eigenschaften er bei einem Mädchen suchte, wurde gefragt. Er hätte gern geschrieben: Verantwortungsbewußtsein, Verständnis, Sinn für Humor, Einfühlungsvermögen. Aber wahrscheinlich würde man ihn dann für verrückt erklären. Deshalb schrieb er ›eigenwillig‹, in der Hoffnung, daß er damit vielleicht Neugier auslösen würde.

Was andere an ihm liebenswert fanden, war die nächste Frage. Seinen Schlafzimmerblick konnte er hier wohl nicht erwähnen, oder doch? Er tat es. Schließlich war es Harry, der ihm den Vordruck geschickt hatte, und es würde auch Harry sein, der die Antwort bekam.

Im Feld für Hobbys listete Christopher Gewichtheben, Basketball und Schwimmen auf. Zum Schluß beantwortete er die weniger wichtigen Fragen, die meisten davon wahrheitsgemäß. Bei einigen ließ er die Fantasie sprechen.

Danach schrieb er einen Scheck über die Gebühr von vierzig Dollar aus. Eigentlich war das Geld für ein paar Hanteln bestimmt gewesen, doch jetzt diente es einem aufregenderen Zweck. Entschlossen, das Formular abzuschicken, bevor er es sich anders überlegte, lief Christopher zum Briefkasten an der Ecke. Als er den Briefumschlag in den Schlitz steckte, dachte er daran, daß seine Zukunft in Harrys Händen lag.

2 »Ist das Meer nicht herrlich, Mara? Ist es nicht wunderbar, wenn man so nah am Wasser wohnt und es immer sehen kann, egal, wo man hingeht?«

Es kam Mara so vor, als hörte sie ganz deutlich Jennifers Stimme, forsch und begeistert wie immer, wenn ihre Freundin über das Meer gesprochen hatte. Sie hatte es mit einer solchen Leidenschaft geliebt, daß es im Sommer keine Wassersportart gab, die sie nicht betrieben hätte.

In dem Versuch, sich Jennifers Stimme zu entziehen, las Mara Alexander die Eintragung im Dienstbuch der eben beendeten Schicht durch. Dann nahm sie ihren Platz am Steuerstand der Hebebrücke ein und schaute aufs Meer hinaus. Von ihrem Standort im Brückenhäuschen konnte sie sämtliche Landungsstege überblicken. Auch die Fischerboote, die gemächlich am Horizont ihre Bahn zogen, entgingen ihr nicht. Am anderen Ende der Bucht, die das Meer wie ein großes U umschloß, standen die teureren Häuser der Gegend, jene Häuser von denen Jennifer und sie geträumt hatten. Eines Tages wollten sie auch eines besitzen, wo sie mit ihrem Mann und ihren Kindern lebten und vom Küchenfenster aus den Booten zusehen konnten, die vom Meer zurückkehrten.

Mara hätte es mit geschlossenen Augen zeichnen können, so genau kannte sie die Landungsstege, die Reihen der Fischerboote, die Häuserzeilen. Sogar wenn sie abends nach Hause ging, nahm sie diese Bilder mit. Alles, was sie von den Fenstern des Wärterhäuschens aus sah, bedeutete für sie einen Schatz, eine Kostbarkeit. Das Häuschen war Maras Zuflucht gewesen, wenn das Leben draußen so schnell wurde, daß sie nicht mehr mithalten konnte.

Das Haus war nicht viel größer als ein übergroßer Kleiderschrank, und doch bot es Platz für all jene Apparate, mit deren Hilfe die Brücke gehoben und gesenkt wurde. Der Schuppen war der sicherste, stillste und friedlichste Ort, den sie kannte, und er war seit ihrer frühesten Kindheit ein Teil ihres Lebens gewesen.

Während sie so dastand, lauschte sie dem Funkverkehr und fragte sich zum ersten Mal, warum sie überhaupt dort stand. Diesmal brachte ihr der Aufenthalt an der Brücke keine Linderung. Es war kein Streit mit einer Freundin oder ihren Eltern und auch kein Schulball, auf dem es nicht nach Wunsch lief. Es war nicht einfach eine schlechte Note in einer Klassenarbeit, die man am nächsten Tag mit einer besseren ausgleichen konnte. Diesmal war es etwas anderes. Jennifer war gegangen, und sie würde nicht wiederkommen. Nicht am nächsten Tag, nicht im nächsten Monat, nicht im nächsten Jahr. Diesmal war etwas geschehen, das man nicht wiedergutmachen konnte — und dieses Mal war auch das Brückenhäuschen kein Trost für Mara.

Wieder hörte sie Jennifers Stimme, so deutlich, als säße die Freundin auf dem Hocker in der Ecke und schaute begeistert aus dem Fenster.

»Ist es nicht herrlich?« hatte sie immer gefragt. »Ich kann mich einfach nicht daran sattsehen. Ich will hier niemals fort . . . Nie, nie, nie!« Jennifer hatte bemerkt, wofür andere keinen Blick hatten, wie zum Beispiel den Regenbogen, der eine Welle durchschnitt, wenn die Sonnenstrahlen in einem bestimmten Winkel auf ihn trafen . . .

Aber Jennifer Grant würde keine Regenbögen mehr bewundern — nie wieder. Maras beste Freundin und Nachbarin war tot! Bei dem Gedanken daran schnürte sich Mara die Kehle zusammen, so daß sie fürchtete, keine Luft mehr zu bekommen. Sie lief zum offenen Fenster und saugte tief die salzige Seeluft ein. Normalerweise half es. Die salzhaltige Luft, die unmittelbar vom Ozean herüberkam, war wie ein Stärkungsmittel, wie ein Schluck aus der Medizinflasche. Ihr Großvater hatte sich, als er noch lebte, nie die Mühe gemacht, einen Löffel voll Medizin abzumessen. Er hatte einfach die Flasche angesetzt, den Kopf weit zurückgelegt und einen Schluck getrunken. Genau das tat Mara ihm jetzt nach. Sie atmete so tief ein, wie sie konnte, und dann wartete sie darauf, daß ihre Anspannung sich löste, aus ihrem Körper entschwand. Doch nichts geschah, und eigentlich hatte sie auch nichts anderes erwartet. Es hätte mehr als eine Meeresbrise dazugehört, um Mara vergessen zu lassen, daß Jennifer an diesem Tag beerdigt wurde.

»Geh doch hinüber zur Brücke«, hatte ihre Mutter vorgeschlagen. »Dort wirst du dich besser fühlen. Hier kannst du sowieso nichts tun!« Sie hatte ihre Tochter umarmt wie früher, als sie noch ein kleines Mädchen gewesen war, aber diesmal war diese Umarmung kein Trost gewesen. Sie konnte nicht verscheuchen, was Mara jedesmal vor sich sah, wenn sie aus dem Fenster auf das Nachbarhaus blickte, auf die heruntergelassenen Jalousien und die schwarzen Autos, aus denen Verwandte und Bekannte stiegen, die den Trauernden Trost spenden wollten.

Nicht einmal das Wärterhäuschen konnte Mara vergessen lassen, was an diesem Tag geschehen würde. Viele Jahre lang hatte sie geglaubt, dort würden alle Probleme sich in nichts auflösen. Immer, wenn sie Sorgen hatte, war sie zur Brücke gegangen und hatte sich neben Onkel Joe gesetzt, während er auf der Kontrolltafel die Tasten drückte, mit denen die Zugbrücke zwischen den Orten Star-Brite und Ocean View geöffnet und geschlossen wurde.

Die Brücke verband die zwei Städtchen über die Bucht hinweg, und wenn sie geöffnet senkrecht in der Luft stand, durften die Boote aus der Bucht aufs offene Meer hinaus oder vom Meer aus landwärts fahren. Jetzt, wo Mara nur noch ein Jahr bis zu der Prüfung vor sich hatte, mit der sie von der Assistentin zur Brückenwärterin aufsteigen sollte, ließ Joe sie oft auf der Seite von Ocean View allein, damit sie die Brücke selbständig betätigen konnte. Er ging dann hinüber auf die Seite von Star-Brite zu seinem besten Freund Pete, der dort für die Brücke verantwortlich war, und überwachte von dort aus Maras Arbeit.

Es blieben nur noch vier Stunden bis zu Jennifers Beerdigung, und Mara wünschte, Joe hätte sie nicht allein gelassen. Die Brücke ächzte, als teile sie ihren Schmerz. Sie war achtzig Jahre alt und die einzige, die im Umkreis von mehreren

Kilometern die beiden Orte verband. Wenn sie geöffnet war, konnte niemand von Ocean View nach Star-Brite gelangen.

Der Himmel verdunkelte sich, und es wurde stürmisch. Das Wärterhäuschen erzitterte, als das Meer wie nach kurzem Schlaf erwachte, grollte und schäumte, und die Gischt der immer höher schlagenden Wellen vom starken Wind auf die Landungsstege geweht wurde. Fächerartig ausgebreitet wurde die Gischt emporgeworfen und fiel zischend ins Meer zurück. Die wenigen Boote, die sich noch auf See befanden, hielten auf die Brücke zu, hinter der sie in Sicherheit sein würden. Eine Lampe in Maras Kontrolltafel leuchtete auf. Eines der Boote wollte hindurch.

Mara drückte auf die Taste für die Verkehrsampel, sie schaute in beide Richtungen, wartete auf eine Lücke im Verkehr, und betätigte die Klingel. Die Ampel vor der Brücke sprang auf Rot. Mara lief mit ihrer orangefarbenen Jacke und dem gleichfarbigen Hut auf die Brücke hinaus. In der einen Hand hielt sie eine Fahne, die ebenfalls leuchtend orange war. Vorsichtig zog sie mit der anderen Hand die Schranken herunter, zunächst auf der eine Seite, dann auf der anderen, während Joe und Pete das gleiche auf der gegenüberliegenden Seite der Brücke machten. Dann schob sie noch einen Querriegel vor, damit die Schranken auch nicht zur Seite gedrückt werden konnten.

Mara lief zurück, drückte die Tasten zum Auslösen des Warnsignals, einem langen und einem kurzen Pfiff, und drückte noch einen Knopf. Die

Brücke teilte sich, öffnete sich langsam und hob sich weiter, bis die beiden Teile senkrecht in der Luft standen. Mara verhakte die Kurbeln, damit sie sich nicht bewegten. In diesen Momenten, wenn die Boote vom Meer zurückkehrten, waren Star-Brite und Ocean View voneinander getrennt. Hoch schlugen die Wellen gegen die aus Beton gegossenen Sockel und Dalben der Brücke.

»Hallo, Mara, wie geht's?« erklang die Stimme des Kapitäns der ›Green River‹ aus dem Funkgerät.

Mara ließ die Boote nicht aus den Augen. Es waren sechs, deren Masten aussahen wie U-Boot-Teleskope, als sie durch die Brückenöffnung fuhren.

»Mir geht's gut«, behauptete Mara und hoffte, daß ihre Stimme sie nicht verraten würde. »Alles in Ordnung hier oben.«

Es dauerte etwa fünf Minuten, bis die Boote unter der Brücke hindurch waren. Die Autofahrer warteten geduldig an der roten Ampel. Nachdem die Einfahrt in die Bucht wieder frei war, ließ Mara fünfmal kurz das Pfeifsignal ertönen, bevor sie die Brücke über einen Tastendruck wieder schloß. Dann lief sie mit der orangefarbenen Flagge hinaus, um die Schranken zu öffnen. Der Wind war stärker geworden und peitschte ihr ins Gesicht. Mit aller Kraft versuchte Mara, die Schranke zum Öffnen aus der Verankerung zu heben, doch sie schaffte es nicht. Die Schranke war plötzlich stärker als sie.

»Brauchst du Hilfe?« fragte da eine Stimme

neben ihr. Es war Joe, der sie mit seinen kräftigen Armen unterstützte. »Heute wird's an der Brücke schwer werden.«

Kurz darauf betraten sie zusammen das Wärterhäuschen. »Glaubst du, daß schon alle Boote wieder drinnen sind?« fragte er nach einem Blick in das Dienstbuch.

Seine gelbe Jacke war naß vom Regen. Er atmete schwer, was an den zehn Kilo Übergewicht lag, gegen die er ständig ankämpfte. Er war zwar der Bruder ihres Vaters, hatte mit diesem aber nur die dunkelbraunen Augen gemein. Maras Vater war schlank und durchtrainiert, Joe dagegen ziemlich stämmig.

»Sie müßten alle drin sein«, antwortete Mara und setzte sich in den Ledersessel. Sie blickte auf die Uhr. Noch zwei Stunden, bis sie sich auf den Weg in Richtung Hauptstraße machen mußte, auf den Weg zur Friedhofskapelle.

»Holen deine Eltern dich ab?« wollte Joe wissen und nahm am Steuerpult Platz.

»Wir treffen uns vor der Kapelle.«

Ihre Unterhaltung wurde unterbrochen. »Hallo, da oben«, schallte es aus dem Funkgerät. »Hier spricht die ›Princess‹. Ich komme rein.«

»Schön zu hören«, entgegnete Joe. »Aber seien Sie vorsichtig. Der Wind bläst ganz schön. Achten Sie auf die Piers.«

Ein Gewitter kündigte sich an. Ein Blitz zuckte, und vom Meer grollte der Donner. Joe war gerade im Begriff, die Warnampel und das Signal auszulösen, als ein Ruf aus dem Polizeifunkgerät seine Aufmerksamkeit erregte.

24

»Laß die Brücke unten, Joe«, wies ein Polizist ihn an. »Wir kommen mit einem Krankenwagen durch.«

Froh über die Ablenkung sprang Mara auf und drückte ihre Nase an die Scheibe des Fensters, von dem aus man die Brücke sehen konnte. Sie hörte die Sirene in der Ferne. Einige der wartenden Autos fuhren schon an den Straßenrand. Mara lief zur anderen Seite und schaute dort aus dem Fenster. Wild auf und ab schaukelnd wartete die ›Princess‹ im strömenden Regen darauf, daß die Brücke geöffnet wurde.

»Wir haben einen Patienten mit Herzstillstand«, erklärte der Polizist über Funk. »Wir kommen jetzt durch.«

»Verstanden«, bestätigte Joe. »Ich lasse die Brücke unten.« Er ging auf einen anderen Kanal. »Bleiben Sie auf Position«, wies er den Kapitän der ›Princess‹ an. »Es dauert nicht lange, dann können Sie durch.«

»Es ist reichlich ungemütlich hier draußen«, gab der Kapitän mit besorgter Stimme zurück. »Die Sicht wird immer schlechter. Was ist los? Stimmt was nicht da oben?«

»Wir haben einen Notfall«, teilte Joe ihm mit. »Wir brauchen die Brücke für einen Krankentransport.«

Mara wußte, daß der Kapitän dafür Verständnis haben würde. Bei Notfällen ging stets Land vor See.

Unter Sirenengeheul raste jetzt der Krankenwagen über die Brücke.

Als Joe Mara seine Anweisungen zurief, vergaß sie sogar ihre Gedanken an Jennifer. »Gut, Mara. Gib das Warnsignal und laß die Schranken herunter. Die Leute da unten werden Geduld haben und warten müssen, bis wir fertig sind.«

Mara drückte die Tasten für das Warnsignal, setzte sich den Hut auf, zog die Regenjacke an und lief in den wolkenbruchartigen Regen hinaus. Ihre kräftigen Arme bewegten sich wie von allein, schlossen die Schranken und verriegelten sie. Mara hatte immer gehofft, daß sie eines Tages allein für diese Seite der Brücke verantwortlich sein würde. Die ganze Saison hatte sie nur daran gedacht, daß es ihr letzter Sommer als Assistentin war. Nach ihrem achtzehnten Geburtstag im Juni durfte sie die Prüfung zum Brückenwärter machen, und sie hatte sich riesig darauf gefreut, dann genau wie Joe selbständig arbeiten zu dürfen. Doch das waren Träume vom vergangenen Sommer. Sie waren mit Jennifer gestorben.

»Jetzt zieht auch noch Nebel auf«, berichtete Joe, als sie ihre Regenjacke aufhängte. »Da draußen sieht es wirklich übel aus. Heute wird niemand mehr hinausfahren. Wir können eine ruhige Kugel schieben.«

Er schaute auf die Uhr und warf dann Mara einen Blick zu, so als ob er genau wußte, was in ihr vorging. Er hatte zwar selbst keine Kinder, doch er war ein Mensch, dem es leichtfiel, zu allen, die einen guten Zuhörer oder Hilfe brauchten, wie ein Vater zu sein. Viele Jugendliche fühlten sich zu ihm hingezogen.

Jetzt nahm er Mara in seine kräftigen Arme und drückte sie an sich. »Es wird schwer werden«, sagte er. Seine Stimme zitterte und er schneuzte sich in ein lila Taschentuch. »Wir haben das Mädchen alle sehr gern gehabt, aber du darfst nicht vergessen, Kleines, daß wir dich auch sehr gern haben.«

Joe drehte sich zum Fenster um. Am liebsten hätte Mara sich bei ihm ausgeweint, aber das Weinen wollte nicht heraus, so als ob es sie bestrafen wollte. Als sie zur Tür blickte, hatte sie das Gefühl, als sollte diese Strafe noch schlimmer werden, denn dort stand Kyle Michalson. Sein dunkles Haar fiel ihm in die Stirn, aber nicht so weit, daß es die Narbe hätte verdecken können. Wie mit einem Messer gezogen, wand sie sich im Zickzack über seine rechte Gesichtshälfte bis über die Wange. Mara spürte ein flaues Gefühl im Magen und fragte sich, ob sie Kyle jemals wieder würde ansehen können, ohne es wie einen Schlag zu fühlen.

Sie erinnerte sich noch an die Worte des Arztes, als hätte er sie soeben ausgesprochen. »Kyle wird sich einer Gesichtsoperation unterziehen müssen«, hatte er Mara bei ihrer Entlassung aus dem Krankenhaus gesagt. Sie selbst war bei dem Unfall mit leichten Schnittwunden am glimpflichsten davongekommen, doch in den darauffolgenden Tagen war ihr klar geworden, daß Jennifers schmerzverzerrtes Gesicht ihr größeres Leid bereitete, als jede Verletzung, die sie selbst hätte erleiden können.

»Es sieht nach einem Unwetter aus«, sagte Kyle und stellte sich für eine Weile neben sie ans Fenster. Dann goß er sich aus der Kanne der gelben

Kaffeemaschine neben dem Fenster eine Tasse Kaffee ein.

Mara blickte weiter aufs Meer hinaus, so als erwarte sie noch weitere Boote.

»Ich dachte mir, daß du heute morgen hier sein würdest«, begann Kyle. Er versuchte, die Distanz zwischen ihm und Mara zu überbrücken, doch Mara wußte, daß sie beide sich in der Gegenwart des anderen nie mehr wohl fühlen würden.

»Wir hatten viel zu tun«, antwortete sie. Die Brücke war in Star-Brite der einzige Zugang zur Bucht, und deshalb mußte der Brückenwärter sie auf Verlangen öffnen. Auch bestand stets die Möglichkeit, daß ein Boot in Schwierigkeiten geriet, vor allem an Tagen wie diesem, wenn das Wetter ohne Vorwarnung umschlug und urplötzlich ein Gewitter aufzog.

Kyle und Mara starrten aus dem Fenster. Obwohl sie vor Monaten fest miteinander befreundet gewesen waren, schien es keine Gemeinsamkeiten zwischen ihnen mehr zu geben. Mara konnte es ihm nicht verübeln. Wahrscheinlich machte er ihr jedesmal insgeheim Vorwürfe, wenn er in den Spiegel schaute. Die Verantwortung für jenen Abend würde für immer schwer auf ihren Schultern lasten.

»Ich gehe gleich zur Beerdigung. Ich dachte, wir könnten vielleicht zusammen hinlaufen.«

Mara schüttelte den Kopf. »Ich bin noch nicht fertig«, murmelte sie.

»Dann sehen wir uns wohl dort«, meinte er.

»Sicher«, bestätigte Mara. Sie sah Kyles schlanker Gestalt nach, als er durch die Tür nach draußen trat und zur Brücke hinunterging. Er hatte nicht gesagt: ›Nimm's nicht so schwer‹, wie normalerweise beim Abschied, und er hatte sie weder mit der vertrauten Geste an der Wange berührt noch sie fest in den Arm genommen. Diese Nähe gab es nicht mehr, und vermutlich würde es sie auch nie wieder geben.

3 Als Christopher am Sonntag morgen um elf Uhr zu Freddie zur Arbeit kam, stand ein Polizeiwagen vor der Tür, und vor dem Restaurant hatte sich eine Menschentraube gebildet. Gleich darauf stellte Christopher auch fest, warum: Die Fensterscheibe der vorderen Auslage, in der normalerweise Freddies Fischangebot sowie sein berühmter ›Fisch des Tages‹ zu sehen waren, lag zersplittert auf dem Gehweg.

Das war eigentlich keine Überraschung. Man konnte fast sagen, daß Freddie es herausgefordert hatte, denn er tat etwas, was noch niemand in Star-Brite gewagt hatte. Er wechselte nämlich jeden Tag ein Schild in seinem Fenster, auf dem die Aufschrift: ›Fisch des Tages‹ prangte. Dieser Fisch war voller gefährlicher Giftstoffe. Freddie warnte mit dem Schild seine Gäste vor dem Verzehr dieses Fisches und teilte ihnen mit, daß er ihn in seinem Restaurant nicht anbot. In Star-Brite gab es entlang der Hauptstraßen Dutzende von Fischrestaurants.

Als Freddie damals die alte Hamburgerbude gekauft und in ein Fischrestaurant umgebaut hatte, war er nichts weiter als ein neuer Wettbewerber gewesen. Seit er aber die Schilder im Fenster aufstellte und Demonstrationen gegen die Verklappung im Meer organisierte, geriet die Stadt in helle Aufregung.

»Die Menschen in Star-Brite, vor allem die Restaurantbesitzer, werden jemanden, der auf vergiftete Fische hinweist, nicht gerade mit Samthandschuhen anfassen«, hatte Christophers

Vater gesagt. »Jemand sollte Freddie zur Vernunft bringen.«

Christopher hatte seinem Freund die Meinung seines Vaters mitgeteilt, doch Freddie hatte nichts davon wissen wollen. Christophers Mutter war ebenso skeptisch. »Du wirst nicht mehr bei diesem Kerl arbeiten«, hatte sie gemeint, als ihr Sohn zum ersten Mal bei Freddie an der Kasse gesessen hatte. »Alle sagen, er sei nicht ganz richtig im Kopf.«

»So viele Jobs gibt es hier nun auch wieder nicht«, hatte er geantwortet. »Jedenfalls nicht so gut bezahlte wie die bei Freddie.«

Außerdem war Freddie nett, fand Christopher, und alles andere als verrrückt. Zwar fing er immer wieder von der Meeresverschmutzung an, auch bei der Arbeit, und machte sich Feinde am laufenden Band, aber in bezug auf die Arbeitszeit war er immer anständig und bei der Bezahlung immer großzügig gewesen.

»Was ist denn hier passiert?« Christopher fragte jetzt Freddie, der auf ihn zugelaufen kam und sich die Hände an seiner Schürze abwischte. Er war klein und schlank, seine Arme jedoch kräftig durch das Servieren. Sein Haar, das er in der Mitte gescheitelt trug, war von grauen Strähnen durchsetzt. Heute hing es ihm wirr in die Stirn. Früher mußte es einmal knallrot gewesen sein, denn sein grauer Bart schimmerte immer noch ein wenig rötlich. Seine kristallblauen Augen waren jetzt blutrot unterlaufen, so als brauche er dringend Schlaf.

»Sieh dir das bloß mal an«, begann er mit vor

Ärger rauher Stimme. »Wie kann mir jemand so etwas antun? Ich komme heute morgen hier an, und was finde ich vor? Das hier! In der Nacht waren sie hier und haben meinen Laden ruiniert. Was sind das bloß für Menschen?« fragte er mit einem Blick auf das zerbrochene Fenster.

Für Christopher lag es klar auf der Hand, wer so etwas verursacht haben konnte. Freddie brauchte wohl eine Gedankenstütze. »Vielleicht war es einer der anderen Restaurantbesitzer«, meinte er und fragte sich, wieso sein Freund nicht auch darauf gekommen war.

»Ein anderer Restaurantbesitzer soll das gewesen sein?« Freddie schaute ihn mit großen Kinderaugen an. »Ich versuche doch nur, ihnen zu helfen, damit sie sich nicht selbst zugrunde richten. Ich will nicht, daß sie Fisch verkaufen, von dem ihre Gäste krank werden. Wieso sollten sie mich dafür hassen?«

Diese Frage war schwer zu beantworten. Christopher senkte den Blick. »Sieh mal, Freddie, du bist noch nicht so lange hier im Ort. Ein Jahr bedeutet hier gar nichts. Ich wohne hier schon mein ganzes Leben lang. Star-Brite lebt praktisch vom Meer und von den Fischen. Ohne die Restaurants hätten wir nicht viel zu bieten. Es ist kein Wunder, daß alle wütend werden, wenn du behauptest, das Essen sei giftig.«

»Dann dürfen sie also Fisch anbieten, der nicht gesund ist? Können sie es sich leisten, ihren Gästen gegenüber unehrlich zu sein? Früher oder später kommt die Wahrheit doch ans Licht.«

»Ja, vielleicht. Vielleicht aber auch nicht.«

»Und ich sage dir, morgen steht der ›Fisch des Tages‹ wieder im Fenster. Wart's nur ab«, erwiderte Freddie, während er durch die Glassplitter marschierte, als seien sie Staub. In seinen blauen Augen blitzte neue Entschlossenheit. Er glich einem Feldherrn, der dem Feind soeben den Krieg erklärte. Freddies kleine Gestalt schien zu wachsen, als er tief einatmete und noch einmal verächtlich auf die zerbrochene Scheibe blickte.

»Ich lasse mir keine Angst einjagen«, verkündete er dem Polizeibeamten und dem Zeitungsreporter, die alles aufschrieben. »Ich sage weiterhin die Wahrheit über die Verschmutzung des Meeres, und nichts wird mich aufhalten. Bei mir kommt kein Fisch auf den Tisch, der nicht genießbar ist. Jeder soll wissen, daß es in der Stadt einen Ort gibt, wo er ohne Angst essen kann.«

Einige der Umstehenden klatschten Beifall. Christopher nahm an, daß sie auch Gegner der Müllverklappung waren. Nachdem das Zeitungsinterview zu Ende und die Fragen des Polizeibeamten beantwortet waren, kehrten Freddie und die Küchenhilfen ins Restaurant zurück. Auf dem Tresen und auf dem Fußboden lagen noch große Glassplitter. Erleichtert hörte Christopher, daß Freddie wieder mit kräftiger Stimme seine Anweisungen gab. Der Fisch und der Müll im Meer waren ihm selbst gleichgültig, aber er brauchte das Geld, wenn er nach dem Schulabschluß aufs College gehen wollte. Wenn Freddie schließen mußte, war er gezwungen, für wesentlich weniger Lohn bei einem der Schnellimbisse zu arbeiten, und dann rückte der Traum vom College in weite Ferne.

Christopher ging hinein, um sich das Innere des Restaurants anzusehen. Freddie schaltete das Radio ein und machte das Licht an. Dann hob er eine der auf den Boden verstreuten Speisekarten auf, die mit dem Slogan warben: ›Die besten Meeresfrüchte der Stadt‹. Daran gab es nichts zu deuteln. Bei Freddie bekam man den besten Kochfisch und die beste Muschelsuppe an der ganzen Küste. Seine gebackenen Garnelen waren ebenfalls eine Spezialität, der man nur schwer widerstehen konnte.

Warum serviert Freddie den Leuten nicht einfach sein Essen, dachte Christopher. Er wollte sie auch noch zum Nachdenken anregen. An den Wänden seines Restaurants hingen Schilder wie das im Fenster − Fisch des Tages: Goldmakrele. Vor dem Verzehr von Goldmakrelen mit mehr als drei Kilo Gewicht wird gewarnt, weil es sich dabei um ältere Tiere handelt, die mehr Gift enthalten. Wir servieren Ihnen nur Goldmakrelen von höchstens eineinhalb Kilo − damit Sie keinen Grund zur Sorge haben.

Durch Freddies Hinweise auf den ›Fisch des Tages‹, der in großen schwarzen Buchstaben und mit dem Hinweis auf seine Gesundheitsschädlichkeit auf jeder Speisekarte prangte, waren die Umsätze in den Restaurants im Ort so tief gefallen wie noch nie, und das hatte natürlich Freddie und alle, die bei ihm arbeiteten, nicht gerade beliebter gemacht.

Als die ersten Gäste zum Abendessen eintrafen, fehlte nur noch die Scheibe neben dem Eingang. Auf den Tischen lagen wie üblich die rotweiß karierten Tischdecken, so als ob nichts geschehen wäre. Das Geschirr stand ordentlich gestapelt in der Küche, und der Küchenchef warf prüfende Blicke in Töpfe und Pfannen.

Christopher nahm seinen Platz auf dem Hokker hinter der Kasse ein, von wo aus er das Meer sehen konnte. Weil noch keine neue Scheibe eingesetzt war, konnte er es nun auch riechen. Tief atmete er die salzhaltige Luft ein. Mehr als ein Dutzend Fischerboote, von denen einige gerade erst nach einem langen Tag auf See zurückgekehrt waren, lagen am Pier vor Anker.

Auf anderen Schiffen bereitete sich die Mannschaft auf Nachtfahrten mit Sportanglern vor, die Goldmakrelen angeln wollten. Die Fischer fühlten sich von Freddie und seinen Schildern, die von der Bucht aus zu sehen waren, natürlich provoziert. Sie mieden sein Restaurant und machten Christopher Vorwürfe, weil er dort arbeitete. Manchmal ging es auf der Pier so rauh zu, daß Christopher es am liebsten gesehen hätte, wenn Freddie sich nur seiner Kochkunst gewidmet und es allen einfacher gemacht hätte.

»Ein Koch gehört in die Küche«, sagte sein Vater jedesmal, wenn er ihm von Freddies Kampf gegen die Umweltverschmutzung erzählte. »Ich habe in der Küche genug zu tun. Was sich draußen abspielt, geht mich nichts an.«

»He, Christopher, geh' nach Feierabend noch nicht gleich weg, ja? Ich möchte mit dir reden.« Freddie gab ihm Bargeld, das er in die Kasse legen sollte. »Ich glaube, der Laden wird heute abend voll sein. Die Sache mit der Scheibe hat uns viele Neugierige gebracht.«

Freddie hatte recht. Am Abend gab es in seinem Restaurant nur noch Stehplätze. »Ich kann Ihnen heute Flunder empfehlen«, versicherte er den Gästen aus der Küche heraus. »Und unser Gemüsemais ist der beste.« Die zerbrochene Scheibe hatte seiner guten Laune keinen Abbruch getan.

Den ganzen Abend bekam er von seinen Gästen nur Gutes zu hören. Wie üblich ging er um die Tische herum, gab allen die Hand und unterhielt sich kurz mit ihnen. Überall wurde er gelobt und beglückwünscht.

»Mach weiter so, Freddie«, ermutigten sie ihn. »Wir stehen hinter dir.«

Andere meinten: »Freddie, zum Essen komme ich nur zu dir. Da weiß ich wenigstens, woran ich bin.«

Trotz dieser Versicherungen und obwohl das Restaurant bis auf den letzten Platz gefüllt war, wußte Christopher, daß es auch Andersdenkende gab, und die würden noch von sich hören lassen. Die Fischer und die anderen Restaurantbesitzer würden es nicht bei einer zerbrochenen Fensterscheibe belassen, dafür kannte er sie zu gut. Sie vergaßen so schnell nichts.

Als der letzte Gast gegangen und die Reinigungsarbeiten beendet waren, verschwand das Strahlen von Freddies Gesicht. Er verschloß die Tür, und Christopher blieb stehen, um auf ihn zu warten.

»Hast du noch ein bißchen Zeit, Chris?« fragte Freddie. »Ich möchte dir was zeigen.«

»Klar«, antwortete Christopher. Freddie ging zu seinem Wagen, und sie stiegen ein. Ganz gleich, was Freddie im Sinn hatte, Christopher hoffte, daß es nicht zu lange dauern würde, denn Harry, der Computer, hatte ihm eine Antwort geschickt. Der Name des Mädchens, das er ausgesucht hatte, war Mara Alexander.

›Sie zieht es vor, wenn ihr euch vor dem Kennenlernen noch eine Weile schreibt‹, hieß es in dem Brief.

Seit Christopher Maras Adresse an der Ocean View Bridge erhalten hatte, brannte er darauf, nach Hause zu gehen und seinen ersten Brief zu verfassen, und als Freddie und er durch die verlassenen Straßen fuhren, wiederholte er in Gedanken ihren Namen. Sein Zutrauen zu Harry, dem Computer, wuchs.

Freddie bog in die Second Avenue ab und hielt an. Chris konnte sich keinen Reim darauf machen, was sein Freund vorhaben mochte. Trotzdem folgte er ihm den Strand entlang zur Kaimauer.

»Du willst doch nicht etwa auf den Kai?« fragte Christopher, doch Freddie ertastete sich bereits vorsichtig den Weg über die rutschigen Steinplatten. Chris folgte ihm bis ans Ende des Kais, der wie ein großes L ins Meer hineinragte. Auf dem letzten großen Felsen blieb Freddie schließlich stehen.

»Siehst du die Lichter dort?« Er zeigte in Richtung Horizont.

»Das sind die Boote mit den Sportfischern«, meinte Christopher.

Freddie hockte sich hin und lehnte sich an einen Felsen. »Falsch«, erwiderte er triumphierend. »Einige davon sind bestimmt Fischerboote, da hast du recht. Aber andere sind Schlepper und Lastkähne, die da draußen gerade tausende Tonnen ungeklärte Abwässer in unseren schönen Ozean einleiten.«

Christopher war es ziemlich gleichgültig, was mit den Abwässern passierte. Das Meer schien genauso gut geeignet zu sein, sie aufzunehmen, wie jeder andere Ort auch.

Es war so groß und tief, und erstreckte sich über eine so endlose Fläche, daß es ihm so vorkam, als sei alles andere dagegen verschwindend gering.

Christopher beging den Fehler, diese Gedanken mit Freddie zu teilen.

»Du machst wohl Witze«, gab sein Freund empört zurück. »Junge, du hast ja keine Ahnung, was hier vorgeht. Es gibt Bürgerinitiativen, die dafür eintreten, daß diese Verklappungsschiffe weiter hinaus auf See müssen, über die Zwölf-Meilen-Zone hinaus auf einhundertsechs Meilen, und irgendwann soll die Verklappung auf See ganz eingestellt werden.«

Dieser Vortrag über Müll und Abwasser interessierte Christopher nicht im geringsten. Er saß am Rand des Kais und hörte das Wasser unter seinen Füßen gurgeln. Jetzt, wo die Sterne hell am mitternächtlichen Himmel standen und die Gischt über die Felsen schlug, konnte er sich irgendwie nicht dazu zwingen, Freddie richtig zuzuhören.

»Die Verklappungsschiffe müssen vom Meer herunter«, sprach dieser beharrlich weiter auf ihn ein. »Vor allem aber ein Bestimmtes.« Er beugte sich vor. »Ich hab' eine vertrauliche Information bekommen«, flüsterte er, obwohl niemand so verrückt war, wie sie mitten in der Nacht auf den Kai zu gehen. »Da liegt ein ›Piratenschiff‹, das den Müll sechs Meilen vor der Küste verklappt. Das verstößt gegen alle Bestimmungen, aber niemand kümmert sich darum. Du hast doch diesen komischen Schaum, der in Strandnähe schwimmt, auch schon gesehen, nicht? Weißt du, was das ist?«

Christopher zuckte mit den Schultern. Der Fischgeruch in der Luft und das fast schon melodische Rauschen der Wellen hatten ihn in eine so friedliche, träumerische Stimmung versetzt, daß er Freddies Zorn nicht teilen konnte. Außerdem ärgerte er sich über die unbezahlten Überstunden, die er hier bei einem Vortrag über Meeresverschmutzung verbrachte.

Freddie redete weiter wie zu einem unsichtbaren Publikum. »Die großen Städte entlang der Küste verstoßen nämlich dadurch, daß sie diese ungeklärten Abwässer hier ins Meer einleiten, gegen die Umweltgesetze. Diese Stadt da«, fuhr Freddie aufgeregt fort und zeigte auf einige kaum sichtbare Lichter, »diese Stadt ist die einzige ihrer Größe in den ganzen Vereinigten Staaten, die ihre Abwässer weiter ungeklärt in schiffbare Gewässer einleitet. Was wir brauchen, sind leistungsfähige Kläranlagen und Wiederaufbereitungsanlagen, damit diese Schweinerei endlich ein Ende hat.«

»Ich möchte wetten, daß die Fische heute nacht beißen«, warf Christopher ein. Er wäre lieber dort draußen gewesen, um seine Angel auszuwerfen.

»Wie kannst du jetzt ans Angeln denken?« rief Freddie empört. »Jedes Jahr werden höchstens fünfzehn Meilen vor unseren Küsten zwanzig Millionen Tonnen giftiger Klärschlamm, Bodenaushub und Dünnsäure verklappt. Jeden Tag ergießen sich Milliarden Liter ungeklärte Haushalts- und Industrieabwässer in unsere Flüsse, Bäche und Küstengewässer. Wußtest du, daß die Krankheiten an Augen, Ohren und Nase in der Badesaison mit jedem Jahr zugenommen haben, von anderen Infektionen ganz zu schweigen? Und das ist noch nicht alles.« Freddies Stimme erhob sich über das Rauschen des Meeres, und sein Ton wurde regelrecht fanatisch.

»Die Fische, die vor dieser Küste gefangen werden, sind vergiftet, Chris. Vierzehn Meilen östlich von Star-Brite gibt es ein fünf Quadratmeilen großes Gebiet, das das ›Tote Meer‹ genannt wird. Ich brauche dir ja wohl nicht zu sagen, warum!«

Er hätte wahrscheinlich noch eine Stunde so weitergesprochen, hätte Freddie nicht einen Blick über die Schulter zum Strand hin geworfen. Sein Gesichtsausdruck wechselte von Zorn zu Erschrecken. Auch Christopher, der sich ebenfalls umschaute, erschrak. Die auflaufende Flut hatte die Felsen überspült und machte das Gehen darauf zu einer gefährlichen Angelegenheit.

»Ich glaube nicht, daß wir da noch sicher an Land kommen«, meinte Freddie und ließ sich ins Wasser gleiten.

Christopher tat es ihm gleich. Immer auf genügend Abstand zu den Felsen achtend, damit die Wellen sie nicht dagegenschleuderten, schwammen sie nebeneinander auf den Strand zu.

»Tut mir leid, Junge, daß wir meinetwegen in Schwierigkeiten geraten sind«, entschuldigte sich Freddy, als sie nach Atem ringend im trockenen Sand lagen.

»Nachdem wir jetzt schon beinahe ertrunken wären — könntest du mir vielleicht sagen, warum du mich mit da rausgenommen hast?«

»Ich brauche jemanden, dem ich vertrauen kann, jemand, der Mut hat und du hast heute abend bewiesen, daß ich mit meiner Meinung über dich recht hatte. Du kannst arbeiten, Junge, und du bist ehrlich, und genau das brauche ich. Ich brauche jemanden, der nachts bei mir auf dem Boot ist, damit ich einen von diesen Schleppkähnen verfolgen kann. Ich will Fotos machen, als Beweis dafür, daß es Piratenschiffe gibt, die zu nah an der Küste verklappen. Wir müssen sie aufhalten, oder wir baden bald alle im Müll.« Christopher schaute auf das Meer hinaus, das im Mondlicht silbrig weiß schimmerte. Es wirkte sauber und sah aus wie immer. Bestimmt hatte sein Freund übertrieben. Niemand konnte das Meer mit Müll zuschütten. Allerdings verzichtete er vorsichtshalber darauf, Freddie zu sagen, was er dachte.

»Ich bezahle dich auch dafür, Junge. Ich weiß, daß du das Geld brauchst. Und ich brauche einen Menschen, dem ich vertrauen kann.«

»Na klar, Freddie. Ich helfe dir.« Für Christopher bedeutete es nichts weiter, als noch einen Job und einen zusätzlichen Verdienst, der ihn seinem Ziel näherbringen würde. Sie gaben sich die Hand und trennten sich.

Später saß Christopher vor der Karte, die er von der Vermittlungsagentur erhalten hatte. ›Mara Alexander‹, stand darauf. ›Einen Meter fünfundsechzig groß, langes schwarzes Haar, graue Augen. Zurückhaltend. Schwimmt gern. Interessiert sich für Boote und Strand. Alter: achtzehn.‹

Christopher riß eine Seite aus seinem Schulheft. In der vertrauten Umgebung seines Zimmers fiel ihm das Schreiben leicht.

Liebe Mara,
heute war ein interessanter Tag. Ich bin in der Nähe des Hafendamms beinahe ertrunken, und meinem Chef haben irgendwelche Vandalen das Restaurant verwüstet. Ansonsten ist aber nicht viel passiert. Jedenfalls bin ich da also vor der Kaimauer herumgeschwommen, bei Flut und um zehn Uhr abends, und mein ganzes Leben lief noch einmal vor mir ab. So, wie es angeblich sein soll, wenn einem nicht mehr viel Zeit übrig bleibt, und das Leben im Zeitraffertempo an dir vorbeifliegt. Tja, Mara, am meisten habe ich in den Augenblick, als ich unterging und dachte,

ich würde nie wieder auftauchen, bedauert, daß
wir uns noch nicht kennengelernt hatten. Wenn
Du die Wahrheit wissen willst, bin ich eigentlich
nur deswegen wieder aufgetaucht. Du würdest
mir einen großen Gefallen tun, wenn Du diesen
Brief beantworten und mir was von Dir erzählen
würdest, damit ich nicht mit all diesen offenen
Fragen untergehe, wenn ich das nächste Mal
unter mysteriösen Umständen vom Kai springe.

Viele Grüße
Christopher

P.S.: Da Deine Anschrift das Wärterhäuschen
der Brücke von Ocean View ist, gehe ich davon
aus, daß du dort arbeitest. Wenn das stimmt, was
machst du dann dort?

Christopher faltete den Brief und steckte ihn in
einen Umschlag. Beim Schicken des Briefes kam
er sich richtig mutig vor, viel mutiger jedenfalls,
als er sich wahrscheinlich zu dem Zeitpunkt fühlen würde, wenn er Mara zum erstenmal gegen-
überstand. Er versuchte nicht daran zu denken,
was er dann tun würde.

4 Christopher saß auf einem Rettungs-
schwimmerturm und beobachtete seinen
Freund Troy, der mit dem Schwimmtrai-
ning begonnen hatte. Von seinem Platz
hoch über dem Strand konnte er deutlich sehen,
wo der durch Schaumkronen gekennzeichnete
Brandungsstreifen in tiefere Gewässer überging.
Troy schwamm ein Stück hinter der Absperrung
für die Badezone, wo sich wegen des für New Jer-
sey ungewöhnlich hohen Wellenganges nur die
Rettungsschwimmer aufhalten durften. Erst
wenn sie abends ihren Posten verlassen hatten,
wagten sich die Schwimmer und Wellenreiter
weiter hinaus, hinter den durch gespannte Seile
abgetrennten Bereich.

Von allen seinen Bekannten bewunderte Christopher Troy am meisten. Er wohnte bei seinen
Eltern im Osten der Stadt, wo die Häuser nicht so
pompös und die Grundstücke viel kleiner waren.
Troy hatte im Sommer immer zwei Jobs; sechs-
mal in der Woche arbeitete er als Rettungsschwimmer, und an seinem freien Tag räumte er
die Tische in einer Eisdiele ab. Im Winter arbeitete er bei Samm dem Fleischer, wo er jeden Tag
nach der Schule Fußböden schrubbte und Regale
auffüllte.

Deshalb blieb für seine Freunde wenig Zeit,
auch für Christopher nicht. In der Schule hatten
sie zusammen Englisch und Biologie, und
manchmal, wenn Troy so wie an diesem Tag ein
paar Stunden frei hatte, trafen sie sich am Strand.
Dann schwamm Troy seine Runden, und Christopher schaute ihm dabei zu. Von Zeit zu Zeit

trainierten sie zusammen, doch heute war Christopher mit seiner Zuschauerrolle zufrieden.

Das Absperrseil wiegte sich in den Wellen, und die signalfarbenen Bälle hüpften auf und ab. Ohne Schwierigkeiten legte Troy mit kräftigen Zügen die Entfernung zwischen den Landungsstegen zurück. Was er machte, machte er mit ganzem Herzen. Halbe Sachen gab es für ihn nicht.

Nach etwa einer halben Stunde ließ sich Troy von den Wellen zum Strand tragen.

»Das tat gut«, sagte er, während er auf Christopher zulief. »Komm, steig mal runter von deinem hohen Roß und hilf mir, das Boot hier ins Wasser zu tragen. Wenn ich dich noch lange da oben sitzen lasse, geben sie dir noch meinen Job!«

Das Ruderboot lag kieloben im Sand nahe der Uferpromenade. Christopher und Troy drehten es um und schoben es ins Meer. Es gab vieles, wozu Christopher Lust gehabt hätte, aber auf keinen Fall wollte er als Rettungsschwimmer arbeiten. Er konnte sich einfach nicht vorstellen, wie Troy den ganzen Tag dort zu sitzen, wo er von so vielen Leuten beobachtet wurde. Er schaffte es immer, mehrere Sachen auf einmal zu machen, zum Beispiel mit einer langmähnigen Strandschönheit zu flirten und gleichzeitig aufmerksam die Badezone zu überwachen.

Immer wieder wagten sich besonders mutige Schwimmer über die Absperrung hinaus ins offene Meer.

Wenn sie Troys Pfiff nicht hörten oder nicht hören wollten, sprang er von seinem Stuhl herunter und holte die Abenteurer schwimmend zurück. Sogar wenn es mit fast vierzig Grad unerträglich heiß wurde, saß Troy acht Stunden am Tag, sechs Tage in der Woche, unter der sengenden Sonne.

»Für nächstes Jahr mache ich mir wirklich Sorgen um meine Stelle hier«, sagte Troy, als sie das Boot ins Wasser schoben. Sie sprangen hinein und ruderten über die Absperrung hinweg in etwas ruhigeres Wasser.

»Du willst mich wohl auf den Arm nehmen«, erwiderte Christopher. »Du bist einer der besten Rettungsschwimmer in der ganzen Gegend.«

Als Troy antwortete, lächelte er ausnahmsweise nicht. Zum ersten Mal, seit Christopher ihn kannte, sah er besorgt aus. »Ist dir denn nicht aufgefallen, wie leer die Strände dieses Jahr waren? Viele Leute sind gar nicht erst gekommen. Ich habe mich nur gefragt, wie viele von denen, die in diesem Jahr noch hier waren, wohl im nächsten Jahr wiederkommen.«

Christopher blickte überrascht auf. »Wegen der Touristen brauchen wir uns keine Sorgen zu machen«, meinte er. »Wo sollten sie denn sonst hin? Sie sind doch verrückt nach dem Meer.«

Troy sah ihn an, als wüßte er etwas, was Christopher nicht wußte. Er tauchte die Ruder ins Wasser und das Boot glitt schneller durchs Wasser. »Siehst du denn nicht, was hier los ist?« fragte er ernst.

Sie hörten auf zu rudern und ließen das Boot treiben. Christopher lehnte sich zurück. Für einen Herbsttag brannte die Sonne heiß, und es ging nur ein leichter Wind. Das einzige, was man in weitem Umkreis hörte, waren die heiseren Schreie der Möwen. Für Christopher sah alles so aus wie immer, so, wie er es seit seiner Kindheit kannte. »Hier wird es immer eine Sommersaison geben«, versicherte Christopher seinem Freund.

»Und wenn nicht?« fragte Troy skeptisch. »Ich brauche diesen Job. Wenn im nächsten Sommer nun niemand mehr kommt? Was passiert, wenn die Strände gesperrt bleiben wie letzten August, als wegen der Verschmutzung niemand ins Wasser gehen durfte?«

Christopher sah Troy erstaunt an. Es paßte gar nicht zu seinem Freund, diese Sache so ernst zu nehmen. Troy war niemand, der sich Gedanken über die Zukunft machte. Für gewöhnlich lebte er nur in der Gegenwart, ganz im Gegensatz zu Christopher, der sich jeden Morgen, wenn er aufwachte, oder jeden Abend, bevor er einschlief, über tausend Dinge den Kopf zerbrechen konnte. Zum Beispiel darüber, wie er es anstellen sollte, Mädchen kennenzulernen. Diese Gedanken brauchte Troy sich nicht zu machen. Er hatte Betty, die ebenfalls im Ostteil der Stadt wohnte, und jedes Jahr im Sommer konnte er unter tausend hübschen Badenixen wählen. Betty hatte Verständnis dafür, daß sie ihn im Sommer kaum zu Gesicht bekam, und im Winter waren sie ja wieder zusammen.

Am tiefblauen Himmel schwebten nur wenige weiße Wölkchen. Die Vorstellung, daß jemand an Star-Brite, Ocean View oder einem der anderen Badeorte an der Küste etwas auszusetzen haben sollte, fiel schwer. Von dort, wo sie sich jetzt befanden, konnte Christopher die Häuser von Star-Brite erkennen; an den Stränden entlang standen die zum Teil schon hundert Jahre alten Pensionen mit ihren altmodischen Spitzdächern. Aus dem ganzen Land strömten Touristen hierher, übernachteten in Hotels und Motels, schlenderten über die Hauptstraße und kauften Souvenirs, bevölkerten die Eisdielen und saßen auf den grünen Holzbänken entlang der Straßen. Warum sollte es im nächsten Sommer nicht genauso sein?

Troy war recht schweigsam, und auch Christopher hing seinen Gedanken nach. Auch das gefiel ihm an ihrer Freundschaft: daß er nicht reden mußte, wenn er es nicht wollte. Die Stille zwischen ihnen war nicht unangenehm. Nach einer Weile ruderten sie zurück und zogen das Boot auf den Strand.

»Ich mache ein bißchen Lauftraining auf der Promenade«, sagte Troy und trocknete sich mit einem Handtuch ab. Dabei ließ er seinen Blick zum Ufer wandern.

»Was hat denn die Möwe da?« fragte er.

Christopher schaute zu einer Seemöwe hinüber, die an einem Gegenstand herumpickte, der im Sand lag. Schließlich gelang es dem Vogel, ihn in den Schnabel zu bekommen. Das Ding sah ziemlich groß aus, nicht zu vergleichen mit den kleinen Venusmuscheln, von denen sich die Seevögel der Gegend ernährten. Heftig zerrte die Möwe an ihrer Beute.

Vorsichtig, damit sie das Tier nicht erschreckten, gingen die Jungen näher heran.

»Ein Fisch«, stellte Troy fest. »Aber ein toter.«

»Sieht so aus, als würde es ihr schmecken«, meinte Christopher. Inzwischen war noch ein Schwarm Möwen eingetroffen, die ihr den Fisch immer wieder streitig machten. Mit schnellen Trippelschritten versuchte sie, ihre Beute in Sicherheit zu bringen.

Ganz in der Nähe lagen noch mehr tote Fische. Sie bildeten eine Reihe, so als wären sie einer nach dem anderen an den Strand gespült worden. Troy sah einen Augenblick auf sie herunter. »Ich habe noch nie so viele tote Fische gesehen, große, meine ich«, sagte er. Dann schaute er hinüber zu einem Schwarm Möwen, die ein Stück entfernt laut kreischend im Sand umherhüpften. Troy lief hinüber, und Christopher folgte ihm. Es lagen noch mehr tote Fische dort.

»Die sehen aus wie Flundern und andere Plattfische«, urteilte Troy. »Das bedeutet nichts Gutes, wenn bodenlebende Fische in solchen Mengen nach oben kommen. Wenn so große Fische tot an den Strand gespült werden. Es ist wohl besser, wenn ich das dem Gesundheitszentrum in der Fifth Avenue melde.«

Dieses Zentrum gab es erst seit dem vergangenen Sommer. Jeder, der am Strand Müll entdeckte oder ungewöhnliche Beobachtungen machte, sollte es sofort melden.

Christopher verspürte keine Lust mitzugehen. Über die Umweltverschmutzung hörte er schon genug von Freddie. Anscheinend gab es in letzter Zeit in der ganzen Stadt kein anderes Gesprächsthema mehr. Sogar Mr. Hadley, der Besitzer des Haushaltswarenladens, sprach über nichts anderes mehr. Statt seinen Kunden zu berichten, wann die Fische am besten bissen oder wer sich in der Stadt mit wem gestritten hatte, händigte er ihnen Flugblätter über Meeresverschmutzung aus. Mr. Hadley war über alle Ereignisse in Star-Brite bestens informiert, und früher hatte das Einkaufen bei ihm schon allein wegen der neuesten Nachrichten, die man erfuhr, Spaß gemacht. Jetzt aber hatte er nur noch eines im Kopf, und zwar die Angst um sein Geschäft.

Christopher war froh, daß er nach Hause gehen konnte und ein bißchen Zeit für sich selber hatte. So konnte er von Mara und den Dingen träumen, die vielleicht passieren würden.

Seine Mutter allerdings hatte andere Vorstellungen. »Christopher«, sagte sie, »hilf mir doch mal, das Bett und die Kommode nach oben zu tragen. Wenn du schon mal da bist, können wir auch Ordnung schaffen.«

Obwohl seine Mutter klein war, trug sie für zwei, als sie die Kommode auf ihrer Seite anhob. Es dauerte fast den ganzen Nachmittag, bis sie die beiden Einzelbetten, die Kommode und einige Stühle, die Mrs. Hunter im Sommer nicht brauchte, aus der Garage in den ersten Stock geschafft hatten. Als sie fertig waren, gehörte das Obergeschoß ihres Hauses wieder ihnen.

Anders als im Sommer, wenn Christopher sich im Erdgeschoß in ein kleines Zimmer mit Etagenbetten zwängte, wohnte er in den Wintermonaten in einem der größeren Zimmer im ersten Stock. Es war wie eine eigene Wohnung. Er hatte sein eigenes Badezimmer und ein kleines

Arbeitszimmer, das er sich mit seinen Eltern teilte. Er wollte gerade nach unten gehen und ein paar von seinen Sachen holen, damit er sie oben in den Kleiderschrank hängen konnte, als seine Mutter ihn zurückhielt. Schweiß stand ihr auf der Stirn. Sie setzte sich auf ein Bett.

»Ich muß dir was sagen, Christopher.« Sie zögerte und wischte sich mit einem Taschentuch den Schweiß von der Stirn. »Noch länger kann ich es dir nicht verschweigen. Wir werden das obere Stockwerk in diesem Winter vermieten.«

Chris traute seinen Ohren nicht. Seine Mutter hatte immer den Standpunkt vertreten, daß sie im Winter nicht vermieten wollte, weil die Einnahmen zu gering seien. Fassungslos sah er sie an.

»Wie sollen wir drei denn in der Wohnung unten zusammen leben? Mom, das kann doch nicht dein Ernst sein! Dad hält es ja schon kaum aus, wenn wir den Sommer über unten zusammengepfercht sind. Du weißt doch, wie er sich immer darüber beschwert, daß das Badezimmer ausgerechnet dann besetzt ist, wenn er zur Arbeit muß.« Oben gab es ein Badezimmer, das Christopher normalerweise für sich allein hatte. Dort stand sogar noch eine alte Badewanne mit Krallenfüßen, wie es sie fast nirgends mehr gab.

»Ich weiß es ja«, gab seine Mutter zurück. »Es wird bestimmt nicht einfach. Aber um ehrlich zu sein, Christopher, ich weiß nicht, ob Mrs. Hunter im nächsten Jahr wiederkommt. Sie sah bei ihrer Abreise nicht gerade begeistert aus, und ihre Töpfe und Pfannen hat sie auch mitgenommen.

Die anderen Jahre hat sie die immer im Küchen-schrank stehen lassen. Dein Vater und ich haben unsere Ausgaben überprüft. Die beiden Häuser werden neu bewertet, und das bedeutet, daß wir mehr Steuern zahlen müssen. Die Gemeinde muß die Verluste ausgleichen, die ihr wegen der Hysterie um die Wasserverschmutzung letzten Sommer entstanden sind. Wir haben gründlich darüber nachgedacht, Junge, aber es ist die ein-zige Möglichkeit, wenn wir über die Runden kommen wollen. Mir gefällt es auch nicht, glaub mir. Vielleicht ist es nur für dieses eine Jahr. Viel-leicht wird es ein herrlicher Sommer, und alles wird wieder so wie früher.«

Beim Betreten des Schlafzimmers mit den Eta-genbetten betrachtete Christopher es mit ande-ren Augen als im Sommer, als er es lediglich für eine vorübergehende Bleibe gehalten hatte. Das Zimmer war gerade groß genug für die Betten, einen kleinen Schreibtisch und eine Kommode, eine Lampe und einen Wandschrank. Wenn Christopher zum Fenster wollte, mußte er sich seitwärts an den Betten vorbeizwängen. Für zwei Personen war der Gang sowieso zu eng.

Christopher konnte sich mit der Entscheidung seiner Mutter die ganze Woche lang nicht abfin-den. Immer, wenn er den Raum betrat, redete er sich ein, es sei wieder Sommer, und in ein oder zwei Wochen sei alles vorbei. Er würde wieder oben wohnen, von wo er das Viertel übersehen und vom Fenster aus seinen Freunden etwas zurufen konnte, wenn sie vorbeigingen.

Vor der Schule saß er schweigend am Frühstückstisch, und wenn er zurückkam, unternahm er alles mögliche, nur damit er nicht vor dem Schlafengehen das Zimmer betreten mußte. Seine Hausaufgaben machte er auf der Veranda. Zum Fernsehen setzte er sich ins Wohnzimmer. Wenn sein Vater von der Arbeit nach Hause kam, spielten sie Karten in der Küche. Und erst wenn er so müde war, daß er die Augen nicht mehr offenhalten konnte, ging er in das Zimmer mit den Etagenbetten.

»Ich versteh' das einfach nicht«, sagte er eines Abends am Telefon zu Troy. »Da haben wir dieses große Haus mit acht Zimmern und einem ausgebauten Dachgeschoß, und trotzdem müssen wir die ganze Zeit leben wie im Gefängnis.«

Sein Freund antwortete trocken: »Es wird langsam schwierig hier. Im Ostteil der Stadt haben schon viele ihren Arbeitsplatz verloren. Die guten Zeiten sind vorbei.«

Als die neuen Mieter einzogen, wurde alles nur noch schlimmer. Der Mann war etwa sechzig Jahre alt, die Frau ebenso. Am Ende der ersten Woche wußte Christopher bereits fast alles über sie, obwohl er noch kein einziges Wort mit ihnen gewechselt hatte. So wußte er, daß sie jeden zweiten Tag Hühnchen aßen, denn der Bratgeruch verbreitete sich im ganzen Haus. Er wußte außerdem, daß sie gerne bis ein Uhr morgens fernsahen – sie stellten es nämlich so laut, daß er es im Bett hören konnte. Außerdem bemerkte er, daß die Frau gerne Wäsche wusch, denn diese hing jeden Tag im Garten auf der Leine. Und er wußte, daß einer von den beiden nicht gut schlief; wahrscheinlich der Mann, denn die Schritte, die er hörte, klangen schwer. Christopher hörte ihn nachts ruhelos hin- und her gehen, manchmal sogar bis zum Sonnenaufgang.

Er beschwerte sich bei seiner Mutter. »Kannst du nicht mal mit ihnen darüber sprechen?«

»Das werde ich«, antwortete sie. Offensichtlich war sie auch nicht gerade glücklich mit der Situation. »Glaub mir, Christopher, ich würde auch gern nur für den Sommer vermieten, aber ich weiß nicht, was in der nächsten Saison auf uns zukommt. Ich spreche mit ihnen. Es sind nette Leute, und bestimmt wissen sie gar nicht, daß die Wände bei uns so dünn sind.«

Christophers Vater war über die beengten Wohnverhältnisse auch nicht sonderlich begeistert. Eines Tages dann platzte ihm der Kragen.

»Ich kann morgens nicht mal duschen, ohne daß ich an die da oben denken muß. Heute morgen war das Wasser eiskalt. Was machen die bloß damit? Lassen sie es den ganzen Tag laufen?« Eilig zwängte er sich an Christopher vorbei und stieß prompt gegen einen Tisch, der eigentlich nach oben gehörte, nun aber zusammen mit einem kleinen Bücherregal den Flur verstopfte.

Christophers Hauptbeschäftigung in diesen Wochen bestand darin, auf den Briefträger zu warten oder erwartungsvoll in den Briefkasten zu spähen. Ein Brief von Mara, so schwor er sich, würde seine Einstellung gegenüber den Etagenbetten komplett ändern. Er würde versuchen, sich mit dem Zimmer anzufreunden. Wenn er gerade nicht in den Briefkasten auf der Veranda schaute, telefonierte er mit Troy und erzählte ihm von seinen Sorgen.

»Wie wär's«, schlug Troy vor, »wenn du das Zimmer weiß anstreichst? Du weißt schon, eine helle Farbe, die es größer aussehen läßt. Das habe ich bei uns auch gemacht. Es war ja die reinste Bruchbude hier. Na, wenigstens habt ihr keine Kakerlaken im Haus. Meine Mutter macht jeden Tag Großputz, aber unsere werten Mieter schert das einen Dreck, und das kannst du wörtlich nehmen. Außerdem machen sie nie die Heizung an, und wir frieren wie die Schneider, wenn wir abends nach Hause kommen.«

Christopher griff Troys Vorschlag auf. Eines Tages, als der Himmel klar und kein Regen in Sicht war, trug er die Möbel hinaus auf den Rasen vor dem Haus und machte sich, mit zwei Eimern Farbe und einigen Pinseln bewaffnet, an die Arbeit. Er strich die Wände, die Holzteile und die Tür weiß. Dann hängte er ein paar Poster auf, die er in der Garage gefunden hatte, und stellte ein kleines Fernsehgerät auf ein Regal neben dem oberen Bett. Auf das Bett selbst legte er sein Radio, seine Schulbücher und die Sachen, die er am nächsten Tag zur Schule anziehen wollte, so daß er im Rest des Raums mehr Platz zur Verfügung hatte.

Als alles fertig war, stand er in dem Zimmer, das kaum genug Platz für eine Person bot, und hörte Mr. Jarris zu, der oben eine Oper im Radio mitsang. Christopher schaltete seinen eigenen

Apparat ein, damit er es nicht mehr mit anhören mußte. Er fragte sich, wie lange er dieses Leben wohl noch aushalten würde. Und er grübelte darüber nach, warum Mara zur Beantwortung eines einfachen Briefes so lange brauchte. Später am Abend beschloß er, ihr noch einen zu schreiben.

Als er sein Briefpapier auf dem Schreibtisch ausbreitete, begann Mr. Jarris oben seinen allabendlichen Spaziergang.

5 Mara ging die Treppe zur Veranda hinauf und lehnte sich an das Geländer. Die großen bogenförmigen Fenster des alten, im viktorianischen Stil errichteten Hauses wirkten an diesem regnerischen und trüben Novembertag irgendwie düster. Maras Eltern hatten das Haus gekauft, als sie drei Jahre alt gewesen war, und sie konnte sich nicht vorstellen, wie es sein mochte, woanders zu leben.

»Wir hatten uns in das Haus verliebt und beschlossen, es zu restaurieren«, erklärte ihre Mutter ihr jedesmal, wenn sie ihr auf Fotos zeigte, wie es ausgesehen hatte, als sie es kauften. Auch wenn das Dach neu war und das Haus wegen der salzhaltigen Luft jedes Jahr einen neuen Anstrich bekam, hatte es seinen alten Charme behalten. Die Veranda knarrte unter drei uralten weißen Schaukelstühlen, die auch dann schaukelten, wenn niemand darin saß, denn der leichteste Luftzug konnte sie in Bewegung setzen. Mara war an die altmodische Bauweise und die vorsintflutliche Heizungsanlage, die im Winter zischte und klapperte, gewöhnt, doch wenn ihre Freunde zu Besuch kamen, erntete sie spöttische Kommentare.

Besonders ihre Freundin Penny beklagte sich oft: »Die Heizung hört sich an, als würde sie gleich in die Luft fliegen.« Sie wollte auch nie auf der Betthälfte schlafen, neben der der Heizkörper angebracht war.

»Sie erzählt uns nur eine Geschichte«, beruhigte Mara sie dann.

Und das alte Haus hatte viel zu erzählen, auch

wenn ein Teil im Winter einfach abgeschlossen wurde. Aufgrund seiner Größe war das Haus in Bereiche eingeteilt. In den Bereichen zwei und drei wurden im Winter Wasser und Heizung abgestellt.

Im Bereich eins, in dem sie wohnten, gab es Heizung und einen Warmwasserbereiter. Wenn der erste Schnee fiel, konnten sie astronomische Heizkosten nur dadurch vermeiden, daß bestimmte Räume einfach nicht bewohnt wurden. Ab dem Frühjahr dann wurde wieder das ganze Haus genutzt.

Nur Jennifer hatte Maras Zuhause und die Art, wie es ächzte und knarrte und sich bewegte, genausogut gekannt wie Mara selbst. Jennifers Eltern besaßen gleich nebenan ein Haus gleichen Stils. Die Veranda daran war zwar in anderen Farben gestrichen, nämlich dunkelblau mit kastanienbrauner Brüstung, aber dafür knackte es ebenfalls in der Heizung, und die bogenförmigen Fenster bestimmten den Gesamteindruck des Hauses.

Mara warf einen kurzen Blick hinüber. Die Jalousien waren heruntergelassen, obwohl es erst drei Uhr nachmittags war. Sie klemmte sich ihre Schulbücher unter den Arm und schloß die Tür auf. Zwei Monate waren seit Jennifers Beerdigung vergangen, und doch fiel ihr der Blick zum Nachbarhaus immer noch genauso schwer wie am ersten Tag nach Jennifers Tod. Mara fragte sich, ob sich das jemals ändern würde, und ob sie ihr eigenes Zuhause jemals wieder ohne einen Blick nach nebenan und ohne dieses beklemmende Gefühl in der Brust würde betreten können.

Auf der Treppe lag ein Zettel. Ihre Eltern hinterließen dort immer Nachrichten für sie. Manchmal lagen die Anweisungen, Bitten und Aufträge sogar über drei oder vier Stufen verteilt.

Nimm die Kasserolle aus dem Kühlschrank und stell sie gegen halb fünf auf den Herd, stand auf dem Zettel. *Viele Grüße, Mom.*

Mara versuchte, sich auf ihre Hausaufgaben zu konzentrieren, aber es klappte nicht. Sie schaltete das Radio ein und setzte sich eine Weile auf den Teppich in ihrem Zimmer. Als das auch nichts half, ging sie ans Fenster und beobachtete die fallenden Blätter. Normalerweise hätte sie zu dieser Jahreszeit auf der Veranda gesessen und den Herbst genossen, aber jetzt war die Veranda der letzte Ort, wo sie sich entspannen konnte. Jeden Moment konnten drüben Jennifers Vater oder ihre Mutter aus dem Haus kommen. Dann schauten sie sie an, und das Unausgesprochene zwischen ihnen trieb Mara wieder ins Haus.

Seufzend ging sie in die Küche, deckte den Tisch für das Abendessen, nahm die Kasserolle aus dem Kühlschrank und stellte sie in den Backofen. Für gewöhnlich kam ihre Mutter um halb sechs von der Arbeit zurück. Sie arbeitete nur etwa fünfzehn Minuten entfernt als Buchhalterin. Maras Vater fuhr eineinhalb Stunden mit dem Zug nach New York, wo er als Computerspezialist arbeitete. Wenn nichts dazwischenkam, kehrte er mit dem Zug um halb sieben zurück. Wann immer er gefragt wurde, wie er denn tagaus, tagein so weit fahren könne und warum er sich nicht eine Wohnung in der Nähe der Arbeit suche, antwortete er: »Wenn man einmal am Meer wohnt, will man nirgendwo sonst mehr leben.«

Mara fragte sich, ob er immer noch so dachte. Sie jedenfalls nicht mehr. Sie wollte nicht mehr neben Jennifers Familie wohnen.

Das Abendessen verlief in gedrückter Stimmung. Es war, als seien sie aneinandergebunden, so daß ihre Eltern mit ihr am Tisch sitzen mußten, obwohl sie lieber allein gegessen hätten. Durch Mara wurden sie bloß an das erinnert, was sie verloren hatten, die Freundschaft der Grants. Von Zeit zu Zeit wagte Mara einen Blick in das blasse Gesicht ihres Vaters. Die gewöhnlich sonnengebräunten, markanten Züge wirkten an diesem Abend blaß und ausgezehrt, dünner als sonst, und um seine Augen lagen dunkle Ringe, so als hätte er zu wenig geschlafen. In der Nacht zuvor hatte sie gehört, wie er erst in den Flur und dann hinunter in die Küche gegangen war. In dem alten Haus mit seinen knarrenden Fußböden konnte niemand ungehört herumgeistern.

»Wie bist du in der Mathearbeit zurechtgekommen?« fragte ihre Mutter.

Mara nahm den Nachtisch aus dem Kühlschrank. »Ganz gut, glaube ich«, antwortete sie wenig begeistert. Sie warf ihrem Vater einen besorgten Blick zu und stellte ihm ein Schälchen mit Götterspeise hin, doch er hatte keinen Blick dafür. Statt dessen schaute er sie nachdenklich an.

»Können wir nicht darüber reden?« fragte er schließlich. »Du mußt doch genauso darunter leiden wie wir. Wollen wir nicht mal offen darüber reden?«

»Mit der Zeit wird es schon besser werden«, wandte Maras Mutter ein und legte ihre Hand auf die ihres Mannes.

»Das wird es nicht«, widersprach er. »Unserer Familie ist etwas passiert und wir müssen alle versuchen, uns gegenseitig zu helfen. Es ist urplötzlich über uns hereingebrochen. Die Grants sind nicht die einzigen, für die es eine Tragödie ist. Für uns ist es auch eine.« Er schloß kurz die Augen und lehnte sich auf seinem Stuhl zurück. »Mara, ich möchte dir gern helfen, darüber hinwegzukommen. Aber du mußt mir auch helfen.«

»Das nützt Jennifer auch nichts mehr«, stieß Mara hervor. Sie fand, daß sie keine Hilfe verdient hatte. Normalerweise konnte sie mit ihrem Vater reden und ihm ihre Gefühle anvertrauen, doch was jetzt wirklich in ihr vorging, war tief in ihr verschlossen.

»Jedesmal, wenn ich nach draußen gehe und Jennifers Eltern sehe, komme ich mir wie eine Aussätzige vor. Sie schauen mich nicht mal an. Und dann sehe ich Jennifer vor mir.«

»Was meinst du damit«? hakte ihr Vater ein.

»Wenn ich abends einschlafe, ist sie da. Sie ist in meinen Träumen, und alles spielt sich immer wieder und wieder vor mir ab. Sie ist mit mir in der Schule, überall. Ich sehe sie als kleines Mädchen auf der Schaukel bei uns hinter dem Haus, und ich sehe sie mit diesen gräßlichen Verletzungen im Krankenhaus.«

»Wir alle müssen diesen Abend vergessen.« Ihr Vater schien mit sich selbst zu sprechen, als er fortfuhr: »Und unser Leben weiterleben.«

»Mit der Zeit kommen wir bestimmt darüber hinweg«, meinte Maras Mutter. »Es wird jeden Tag besser. Ich habe so vieles erlebt, wovon ich dachte, daß ich es nie vergessen könnte, aber wie durch ein Wunder ist die Erinnerung dann doch irgendwann verblaßt. Und das wird jetzt auch passieren.«

Viele Einzelheiten jenes Abends hatte Mara schon vergessen. Sie erinnerte sich, daß Jennifer sie überredet hatte, nach dem ersten Glas ein zweites und ein drittes zu trinken. Sie erinnerte sich daran, wie sie sich ans Steuer gesetzt hatte und sie erinnerte sich an Jennifers vor Aufregung glänzende Augen und die Worte, die sie vom Beifahrersitz herübergerufen hatte. ›Schneller, schneller‹.

Für gewöhnlich verlor Mara selten die Beherrschung und überlegte sich alles zweimal, bevor sie handelte, ganz im Gegensatz zu Jennifer. An jenem Abend aber war sie wie ausgewechselt gewesen, hatte sich losgelöst und wagemutig gefühlt. An den Pfahl konnte sie sich nicht mehr erinnern. Als sie aus der Bewußtlosigkeit erwacht war, hatte sie nicht einmal gewußt, was geschehen war. Sie lag im Krankenhaus. In ihrem Zimmer herrschte Totenstille, und trotzdem hörte sie jedesmal Schreie, wenn sie die Augen schloß, und fragte sich, woher sie kamen.

»Manchmal glaube ich, daß alles nur ein böser Traum ist, daß ich eines Tages aufwache und Jennifer vor der Tür steht. Wenn das Telefon klingelt, denke ich manchmal, sie wäre es. Aber sie wird nie wieder anrufen, nicht? Sie ist tot. Und manchmal wünschte ich, ich wäre es auch!« Mara stockte und brach in Tränen aus.

»So was darfst du nicht sagen!« rief ihre Mutter entsetzt und legte schützend den Arm um sie. »Wir würden daran zerbrechen, Mara. Ich könnte es nicht ertragen.«

Mara wollte ihren Trost nicht. Sie nahm sich ihre Arbeitsjacke, warf sie sich über und lief zur Tür.

»Wo willst du denn hin?« rief ihre Mutter ihr nach.

»Zur Brücke.« Mara zog die Tür hinter sich ins Schloß. Darüber zu reden hatte nichts geholfen, und sie zweifelte inzwischen daran, daß überhaupt etwas helfen konnte. Mit langen Schritten hastete sie die fünfzehn Häuserblocks zur Brücke.

In der nächsten Zeit würde sie immer zu Fuß gehen müssen, denn den Führerschein hatte man ihr für zwei Jahre entzogen.

Das Wetter wechselte schnell, wie so oft an der Küste. Noch vor wenigen Stunden hatte die Sonne von einem wolkenlosen Himmel gestrahlt. Jetzt hing leichter Nebel über der Bucht, und es begann zu regnen.

Als Mara das Wärterhäuschen betrat, wurde sie von dem Wartungstrupp begrüßt. Am Schwarzen Brett hing ein Brief von Christopher für sie. Es war der zweite, den sie von ihm bekam.

»He, Mara, tu mir bitte einen Gefallen«, rief Joe aus dem Keller. »Hilf mir hier unten beim Saubermachen. Hier wimmelt es überall von Mechanikern. Als sie heute nachmittag die Brücke mit den Hilfsmotoren heben wollten, hat sich einer davon festgefressen.« Joe kam die Kellertreppe hinauf und öffnete den Reißverschluß seiner Jacke. Dann setzte er seinen Hut auf. »Es wird nebelig. Statt die Schiffe hereinzulotsen, könnten wir auch gleich im Dunkeln eine Nadel im Heuhaufen suchen.«

Unter normalen Umständen putzte Mara den Keller nur sehr ungern, doch an diesem Tag protestierte sie nicht. Es war jedenfalls besser, als einfach nur herumzusitzen. Mara legte den Brief auf das Steuerpult, ging in den Keller und nahm sich Aufnehmer und Schrubber. Dann wischte sie um ›Frankenstein‹ herum, den großen Gasmotor, der nur gebraucht wurde, wenn einmal der Strom ausfiel.

Jeder der Motoren und Apparate im Wärterhäuschen hatte einen Namen. Das lag wahrscheinlich daran, daß die Brückenwärter im Dienst so lange allein waren, daß die Gerätschaften ihre besten Freunde wurden. ›Frankenstein‹ sah aus wie ein riesiges Rad und mußte von Hand bedient werden. Während des Betriebs klapperte und ächzte er in allen Fugen.

Die Toilette befand sich ebenfalls im Keller. Mara putzte sie und wischte anschließend noch den Fußboden. Dann ging sie wieder nach oben und staubte ›Hannah‹ ab, den großen schwarzen Kasten, in dem die Mechanik zum Heben der Brücke versteckt war und der klapperte und zischte wie eine Dampfmaschine. Als Mara alles sauber genug erschien, setzte sie sich auf ihren Platz am Kontrollpult.

Den ganzen Abend über geisterten die Mechaniker im Wärterhäuschen herum. Wo nötig, nahmen sie einen Ölwechsel vor. Die Gasmotoren ließen sie fünfzehn Minuten laufen, um sicherzugehen, daß sie funktionierten. Die Kurbel an der Nordostschranke mußte repariert werden, und im Motorenraum prüften die Männer die taghell brennenden Glühbirnen. Sie probierten das Signalhorn und stellten einige Hebel neu ein. Nachdem alle Arbeiten erledigt waren, erschien der Brückeninspekteur und überprüfte das Dienstbuch, die Schranken und die Kabel um den Transformator.

Mara wollte gerade Christophers Brief öffnen, als über Funk ein Ruf von einem Außenborder namens ›Impatience‹ einging.

»Meine Motorleistung läßt nach, und ich komme nicht mehr gegen die Strömung an«, berichtete der Kapitän. »Außerdem wird der Nebel immer dichter, und ich werde Schwierigkeiten bei der Durchfahrt bekommen.«

Mara informierte die Küstenwache. Im Handumdrehen war die Brücke geöffnet, und die ›Impatience‹ wurde durch die Öffnung geschleppt. Danach wurde es ruhig. Joe setzte sich ans Kontrollpult, Mara ließ sich auf einem Stuhl am Fenster nieder. Sie nahm Christophers

Brief aus der Jackentasche, lehnte sich zurück und legte die Füße auf die Fensterbank. Dann begann sie zu lesen.

Liebe Mara,

heute ging bei mir einfach alles schief. Ich laufe morgens vor der Schule ungefähr zehn Kilometer, und die ersten drei waren heute morgen einfach herrlich. Aber dann brach plötzlich dieser verrückte Sturm los, die Wellen schlugen hoch und ich stand da wie ein begossener Pudel!

Mein Vater arbeitet als Küchenchef in einem Restaurant, und bei Freddie arbeite ich deswegen so gern, weil ich hoffe, daß ich eines Tages in einer der größeren Städte mein eigenes Restaurant besitze. Ich passe genau auf, wie Freddie es macht. Eines Tages siehst du dann vielleicht ein Schild, auf dem in Leuchtbuchstaben ›Bei Christopher‹ steht.

Ich mag Nudeln, Hot dogs, alte Filme, Country-Musik, Gitarren und dichten Regen, es sei denn, ich muß darin herumlaufen. Da fällt mir ein, wirft vielleicht jemand meine Briefe ungelesen in die Bucht? Jeden Tag, wenn ich zum Briefkasten gehe, bin ich überzeugt, daß eine Antwort von Dir darin ist. Kann es sein, daß Harry einen Fehler gemacht hat? Vielleicht gibt es Dich gar nicht.

Viele ungeduldige Grüße
Christopher

Es wäre Mara lieber gewesen, wenn er nicht mehr geschrieben hätte. Jeder seiner Briefe erinnerte sie an den Tag, an dem Jennifer und sie die Anträge für die Computer-Partnervermittlung ausgefüllt hatten.

»Los doch, versuchen wir's! Wir sagen eben, wir seien achtzehn. Das ist das Mindestalter«, hatte Jennifer ihr zugeredet.

Mara war nicht wohl in ihrer Haut gewesen, als sie das eine Jahr hinzuaddiert hatte. Überhaupt hatte sie bei der ganzen Sache ein ungutes Gefühl gehabt. Aber wenn Jennifer sich einmal etwas in den Kopf gesetzt hatte, konnte Mara es ihr nicht wieder ausreden, und so hatten sie einen Antrag ausgefüllt.

Jennifer hatte nie erfahren, was Harry ihr geschrieben hatte. Der Brief war am Tag der Beerdigung gekommen.

Mara schaute in den dichten Nebel hinaus, der das Meer vollständig verbarg. Unaufhörlich erklangen die Nebelhörner. Sie schloß die Augen und berührte mit der Hand den Brief in ihrem Schoß. Christopher wußte ja gar nicht, wie froh er sein konnte, daß er nichts mit ihr zu tun hatte ...

6 Christopher steckte Maras Brief in seine Tasche und ging in Richtung Strand. Die Demonstration gegen die Wasserverschmutzung sollte um elf Uhr stattfinden, und er wollte in aller Ruhe zu der Stelle schlendern, an der Freddie ihn erwartete. Den ganzen Weg zur Promenade jedoch konnte er an nichts anderes denken als an Maras Brief und den Schmerz, der aus ihren Worten sprach. Daß Harry ihm ein Mädchen mit Problemen bescheren würde, damit hatte er nicht gerechnet.

Bei der Demonstration sollte eine Menschenkette gebildet werden, die sich so weit wie möglich über den Strand und die Promenade erstrekken sollte. So stellte Freddie es sich jedenfalls vor.

»Wir werden eine Menschenkette bilden, uns an den Händen halten und eine Stadt mit der anderen verbinden«, hatte Freddie den zwölf Teilnehmern der Runde erklärt, die sich jeden Montag zur Vorbereitung der Demonstration in seinem Haus trafen. Auch Christopher war dabeigewesen. Freddie hatte es von ihm erwartet, und was Freddie erwartete, das bekam er auch.

Als Christopher am Strand eintraf, befanden sich erst wenige Demonstranten dort. Er hoffte, daß die tausende, die Freddie erwartete, bereits unterwegs waren, denn am Strand waren sie ganz sicher nicht.

»Wenn sie erst einmal die Hintergründe und die Zahlen kennen, kommen sie auch«, hatte

Freddie versprochen. Wochenlang waren Christopher und andere aus ihrem Grüppchen für ihn aktiv gewesen, hatten Flugblätter verteilt und herumtelefoniert, damit alle von der Demonstration erfuhren.

Es begann für Christopher zur Belastung zu werden, daß Freddie sich auf ihn verließ und etwas von ihm erwartete, was er nicht zu geben bereit war. Zwei Abende pro Woche fuhren sie mit Freddies Fischerboot in den Meeresabschnitten Patrouille, wo er das Piratenschiff vermutete. Anfangs hatte Christopher die Stunden bezahlt bekommen, doch nun war kein Geld mehr übrig. Trotzdem erwartete Freddie von ihm, daß er weiter nachts Wache hielt.

»Es ist doch auch dein Meer, Junge, oder?« hatte er in der Nacht gefragt, als er Christopher anvertraute, daß ihm das Geld ausgegangen war.

Ein sauberes Meer mochte zwar wichtig sein, aber auf Christophers Liste kam es erst hinter dem Collegebesuch und dem Brief in seiner Tasche.

»Wo ist Freddie?« erkundigte er sich jetzt bei einem Mann, der ein Schild gegen die Wasserverschmutzung in der Hand hielt. *Gehen Sie nicht in einer Kloake schwimmen*, stand darauf. *Sorgen Sie mit uns für ein sauberes Meer.*

»Ich bin für diese Gegend hier zuständig«, erklärte der Mann ihm. »Freddie ist ein paar Straßenzüge weiter unten am Strand. Wir haben Sprecher in mehreren Befehlsbereichen.«

Das hörte sich an, als planten sie einen Angriff wie im Krieg. Christopher setzte sich den Hut auf, den der Mann ihm reichte, nahm eines der im Sand liegenden Schilder und befestigte es an seinen Schultern. *Ich bin das Meer*, stand darauf. *Behandele mich wie einen guten Freund.*

Während Christopher auf die anderen wartete, nahm er Maras dicken Brief aus der Tasche und las ihn zum vierten Mal. Er konnte es noch gar nicht glauben, daß sie ihm nach so vielen Wochen endlich geschrieben hatte. Freddie war hocherfreut darüber gewesen. Daß Mara an der Brücke arbeitete, war alles, was ihn interessierte.

»Es stimmt, ich habe es nachgeprüft«, hatte er Christopher berichtet. »Vielleicht kann sie uns bei unserer Suche nach dem Piratenschiff helfen. Was für ein Glück.«

Christopher wußte nicht so genau, ob es wirklich ein Glück war, als er den Brief las. Mara hatte praktisch all ihre Probleme vor ihm ausgebreitet.

Lieber Christopher, heute ist wieder so ein Tag, an dem ich mit jemandem über Jennifer reden muß. Meiner Mutter bricht fast das Herz, wenn ich nur ihren Namen erwähne. Mein Vater versucht zwar mir zu helfen, aber ich tue ihm weh, wenn ich manchmal nicht die Worte finde, die er hören möchte. Also bist heute wohl Du mein Zuhörer. Deine Briefe klingen so, als ob Du dich mit mir anfreunden möchtest, und Freunde habe ich im Moment nicht viele. Wenn Du nichts von Jennifer hören willst, brauchst Du diesen Brief nur zu zerreißen, und ich werde es nicht einmal erfahren.

Jennifer war meine beste Freundin. Wir waren

Nachbarn und sind praktisch zusammen aufgewachsen. Sie war immer da, und wir haben uns kaum jemals richtig gestritten. Ich war die Ernste, Jennifer die Lustige. Sie konnte sich über alles mögliche ausschütten vor Lachen, und manchmal, besonders vor dem Schlafengehen, hab' ich das Gefühl, als ob ich sie hören würde.

Sie war meine allerbeste Freundin. Ich konnte ihr alles anvertrauen, weil ich wußte, daß sie es keiner Menschenseele weitererzählen würde. Wenn sie sagte: ›Ehrlich, Mara, von mir erfährt niemand ein Wort‹, dann meinte sie es auch. Sie konnte ein Geheimnis für sich behalten. In dieser Hinsicht war sie viel stärker als ich. Wenn mir jemand ein Geheimnis anvertraut, dann würde ich es zumindest meiner Mutter erzählen. Jennifer nicht. ›Niemandem‹ bedeutete bei ihr auch wirklich ›niemandem.‹

Heute war ich am Strand und bin genau an der Stelle stehengeblieben, wo Jennifer im Sommer immer ihr Badetuch ausbreitete, und ich konnte das blaugestreifte Tuch mit den Eiscremeflecken praktisch vor mir sehen. Sie wollte sich unter keinen Umständen davon trennen, genausowenig wie von ihrem Radio und ihrer Sonnencreme. Und sie blieb den ganzen Tag dort liegen und ließ sich von der Sonne auf allen Seiten braten. Ich habe es nie so lange ausgehalten, und außerdem wollte ich mir die Haut nicht ruinieren, aber Jennifer machte sich darüber keine Gedanken. Ich habe ihr von der dünner werdenden Ozonschicht erzählt, aber das konnte sie nicht beeindrucken. Es war nicht leicht ihr angst zu machen.

So lag sie also am Strand, wurde herrlich braun und packte erst ein, wenn die Sonne schon unterging.

Als ich heute da am Strand war und mir plötzlich alles wieder einfiel, was mit Jennifer zu tun hatte, da dachte ich, daß es mir vielleicht besser gehen würde, wenn ich Dir alles erzählte. Du brauchst diesen Brief nicht zu beantworten. Er ist bestimmt nicht so, wie Du erwartet hast. Aber wir kennen uns noch nicht, und vielleicht willst Du mich ja jetzt auch gar nicht mehr kennenlernen.

So brauche ich wenigstens nicht den Ausdruck in Deinen Augen zu sehen. Genau dieser Blick ist es, den ich nicht abschütteln kann, wenn ich mit meiner Familie oder anderen über Jennifer zu reden versuche.

Jennifer würde noch leben, wenn ich nicht so unvernünftig gewesen wäre. Ich bin mit dem Auto zu schnell gefahren, habe die Gewalt über das Fahrzeug verloren und bin gegen einen Pfeiler gefahren. Der Junge, der auf dem Rücksitz saß, wurde schwer verletzt und ist im Gesicht entstellt. Jennifer ist ein paar Wochen nach dem Unfall gestorben. Hat Dir schon mal etwas, was du gemacht hast, so leid getan, daß Du am liebsten die Zeit zurückdrehen und alles ungeschehen machen würdest? Manchmal schließe ich die Augen und hoffe, daß alles wieder so ist wie letztes Jahr, wenn ich sie wieder öffne. Weißt Du, was ich meine? Wie gesagt, du brauchst diesen Brief nicht zu beantworten. Es sieht so aus, als seist Du ein fröhlicher Mensch, und ich bin im

Moment bestimmt nicht gerade eine fröhliche Gesellschafterin. · *Danke fürs Zuhören, Mara*

In einem hatte Mara recht: Es war nicht die Art Brief, die Christopher erwartet hatte. Er hatte eine aufregende, lustige Freundin gesucht, und nun stellte er fest, daß bei Harry wohl die Schaltkreise durcheinandergeraten sein mußten.

»Faßt euch an den Händen«, tönte eine Stimme aus dem Lautsprecher. Mehrere tausend Menschen, wie Freddie erwartet hatte, waren leider nicht zu der Demonstration gekommen. Ein paar hundert mochten es sein. Wie Christopher hatten viele Demonstranten gefragt, warum Freddie für den Protestmarsch ausgerechnet den November ausgewählt hatte, denn es war kalt und feucht, und das Wetter konnte jede Minute umschlagen.

»Wir müssen deutlich machen, daß sich unser Kampf nicht auf den Sommer beschränkt. Er geht das ganze Jahr weiter«, hatte Freddie ihnen erklärt. »Es kommen wegen der Kälte vielleicht nicht so viele, aber wem es ernst ist, der erscheint auf jeden Fall.«

Christopher steckte den Brief wieder in die Tasche und nahm die neben ihm Stehenden bei der Hand. Es war eine eindrucksvolle Schilderreihe. Die Demonstranten auf der Promenade hielten ihre Plakate zum Strand hin gerichtet, die auf dem Strand ihre zur Promenade hin. Auf der Promenade standen große schwarze Müllsäcke. Jetzt wurden sie aufgenommen und der Inhalt auf den Strand geschüttet: Plastikflaschen, Pappbecher, Bierflaschen, alte Schuhe, Konservendosen und allerlei anderer Müll.

»Das alles werfen wir ins Meer«, rief ein Mann aus. »Und in diesem Müll gehen wir dann schwimmen.«

Der aufrüttelndste Protest wurde allerdings erst später in den Sand geschrieben. Ein Mann in einem Krankenhauskittel formte aus Injektionsspritzen und Brechampullen, die mit rot gefärbtem Wasser gefüllt waren, das Wort *AIDS*. Beim Anblick des Namens der gefürchteten neuen Krankheit verstummten alle Gespräche ringsum.

Das Meer selbst erinnerte sie noch daran, weshalb sie hergekommen waren. Auf den Wellen tanzten dicke braune Schaumkronen, die vom Wind davongetragen und über den Strand geweht wurden. Wäre die Farbe nicht gewesen, hätte man sie für Seifenblasen halten können.

Christopher stand mit den anderen in der Menschenkette, deren Transparente im aufkommenden Wind zu flattern begannen. Zwei Stunden dauerte die Demonstration vor dem aufgewühlten Meer. Dann lief Freddie von der Promenade auf den Strand und hielt sich ein Megaphon vor den Mund.

»Vielen Dank, daß ihr gekommen seid«, rief er. »Ihr habt dazu beigetragen, daß unsere Demonstration ein Erfolg geworden ist. Die Presse war hier und wird in Wort und Bild darüber berichten. Jetzt liegt es an jedem einzelnen von uns, daß es weitergeht. Es darf kein Müll mehr in unser Meer geschüttet werden. Wenn es um die

Umwelt geht, können wir uns keinen Fehler mehr leisten.«

Beifall klang auf, und Freddie fühlte sich ermutigt weiterzusprechen.

»Wir können uns nicht mehr länger vormachen, daß nicht da ist, was wir nicht sehen. Schaut euch das Meer an. Schaut es euch einmal richtig an. Heute ist es schmutzig braun, aber meistens wirkt es tiefblau. Endlos und sauber sieht es aus, aber laßt euch davon nicht täuschen. Wir benutzen diesen herrlichen Ozean, als wäre es unsere eigene private Müllhalde. Wir leiten unsere ungeklärten Abwässer hinein und denken nicht mehr daran. Wir vergessen, aber die Fische vergessen nicht. Keines der Meerestiere kann das.«

Freddie ging an den Demonstranten vorbei und gab jedem die Hand. An den Gesten und Worten der Menschen erkannte Christopher die Achtung und Zuneigung, die sie Freddie entgegenbrachten. Einige hatten bereits begonnen, den Strand zu säubern, und füllten den Müll in die Plastikbehälter an der Promenade. Als Freddie die Menschenkette weiter entlanggelaufen war und bei Christopher ankam, hellte sich seine Miene auf.

»Ich brauche dich, Junge. Ich wußte, daß du mich nicht im Stich lassen würdest«, sagte er. »Ich brauche junge Leute wie dich, die an unsere Sache glauben.« Er faßte Christopher am Arm und zog ihn an sich.

In diesem Moment trat ein Polizeibeamter auf ihn zu.

»Schlechte Nachrichten für dich, Freddie«, begann er. Man merkte seinem Ton an, daß es ihm keinen Spaß machte, diese Nachricht zu überbringen. »In deinem Restaurant ist ein Feuer ausgebrochen.«

Der Polizist bot Freddie sein Auto an, doch der war schon mit Riesenschritten unterwegs zur Hauptstraße. Christopher lief direkt hinter ihm. Was sie dann sahen, schnürte Christopher die Kehle zu. Vom Restaurant war nichts mehr übrig als ein Haufen verkohlter Stützpfeiler. Der Rauch hing noch in der Luft und setzte sich in Christophers Nase und Mund, als er näher heranging.

Mit zitternden Knien setzte Freddie sich auf den Gehweg, während noch die Feuerwehr mit ihren Schläuchen hantierte und die Polizei die Brandstelle sicherte. Von überall her lief Wasser aus dem Restaurant, floß Freddie über die Füße und ergoß sich in die Kanalisation. Er schien es nicht einmal zu merken.

»Es soll Brandstiftung gewesen sein«, sagte er etwas später. Sein Blick war starr auf die Gosse mit dem Wasser gerichtet.

Christopher sah mehr als nur Freddies Restaurant in Schutt und Asche gelegt. Sein Arbeitsplatz, alle seine Zukunftsträume, das College lösten sich in Wohlgefallen auf.

»Es wird Monate dauern, das Restaurant wieder aufzubauen«, murmelte Freddie und senkte den Kopf auf die Knie. Ein Polizeibeamter setzte sich neben ihn auf den Gehweg und begann, ihm Fragen zu stellen.

Christopher hatte Mitleid mit Freddie, doch

sich selbst bemitleidete er auch. Er zog Maras Brief aus der Tasche und warf ihn in eine Mülltonne. Er hatte jetzt seine eigenen Sorgen, und sie würden ihn so sehr in Anspruch nehmen, daß für die Sorgen eines anderen Menschen in seinem Leben kein Platz mehr blieb. Und Freddies Meer würde auch warten müssen.

7 Über den aufgetürmten Wolkenbergen ging langsam die Sonne auf. Das ruhige Meer glich einem schlafenden See am frühen Morgen, und die Küste lag träge in der aufgehenden Sonne. Mara hatte einmal gehofft, daß sie eines Tages als Verantwortliche für die Brücke und alles was damit zusammenhing, vom Fenster des Wärterhäuschens aus auf dieses Bild schauen würde.

Vier Signaltöne schallten vom Meer zu ihr herüber, und gleich darauf erhielt sie einen undeutlichen Funkspruch vom Kapitän der ›Integrity‹. *Wir haben einen Notfall. Eine Frau an Bord hat sich mit Kaffee verbrüht. Sie muß so schnell wie möglich ärztlich versorgt werden.*

Mara ließ einmal kurz und einmal lang das Warnsignal ertönen, damit der Kapitän wußte, daß er sich der Brücke noch nicht nähern sollte. Dann betätigte sie das Signal viermal, um anzuzeigen, daß ein Notfall vorlag. Sie warf sich ihre reflektierende Jacke über, lief mit ihrer Flagge in der Hand hinaus und schloß die Schranken. Ihre Arbeit wurde jedoch von dem heftigen, böigen Herbstwind erschwert. Joe kam von Star Brite herübergelaufen, um ihr zu helfen. Der Wind trug feine Sandkörner herbei, die Mara wie spitze Nadeln ins Gesicht stachen. Joe öffnete die Brücke, und die ›Integrity‹ fuhr hindurch.

Es war der Beginn eines arbeitsreichen Tages, an dem Mara ihre persönlichen Probleme vergaß.

Während der Mittagspause stürmte ein Taucher in das Brückenhäuschen.

»Mein Partner ist nicht zusammen mit mir aufgetaucht«, meldete er noch mit der Maske im Gesicht. »Wir waren dort drüben.« Er zeigte in Richtung Hafendamm.

Sofort nahm Mara ihr Fernglas zur Hand und schaute hinüber. Dann teilte sie der Küstenwache mit, daß sie von einem Boot und einem Auto aus die Suche nach dem Vermißten aufnehmen solle, doch gerade als die Männer aufbrechen wollten, entdeckte Mara den Taucher. Er kletterte gerade auf die Felsen vor dem Hafendamm im Südosten.

Sie meldete ihre Entdeckung der Küstenwache, die den Mann unversehrt an Land brachte. Mit dem zweiten Taucher, dem die Erleichterung über die Rettung seines Kameraden ins Gesicht geschrieben stand, war Mara allerdings noch nicht fertig.

»Sie müßten doch wissen, daß Sie außerhalb der Absperrungen und im Mittelteil der Bucht unter der Brücke nicht tauchen dürfen«, sagte sie streng.

»Wir tun es bestimmt nicht wieder, das können Sie mir glauben«, versicherte er ihr. Mara folgte ihm mit ihrem Blick, als er zum Strand lief und dem anderen Taucher zuwinkte.

Die Arbeit ließ die Zeit wie im Flug vergehen. Ab und zu rief auch ihre Mutter an, die hören wollte, wie es ihr ging. Das kam in letzter Zeit öfter vor. Doch immer, wenn das Telefon läutete, erwartete Mara Jennifer fragen zu hören: »Na, Mara, was hast du heute vor?«

Es war immer Jennifer gewesen, die geplant und organisiert hatte. Im Sommer zog es sie an den Strand zu den Wellenreitern, im Winter zum Einkaufszentrum und ins Theater an der Hauptstraße. Immer wieder hatte sie eine neue Eisdiele gefunden, die es auszuprobieren galt. Damit sie besser vergleichen konnte, bestellte sie sich immer das gleiche – Erdnußbuttereis mit Schokostreuseln in der Waffel. Und manchmal brachte sie Mara dazu, nur für ein Eis meilenweit mit dem Rad zu fahren.

Es hatte fast keinen Tag in Jennifers Leben gegeben, der nicht am Meer begonnen und auch dort geendet hätte. Wenn sie auf die See hinausblickte, fand sie etwas, was sie mit niemandem teilte, nicht einmal mit Mara.

Joe kam herein, einen Kaffeebecher in der Hand, in dem eine heiße Suppe dampfte. Er stellte den Becher vor Mara auf den Tisch. »Die ist von Pete. Er meinte, du solltest seine neueste Schöpfung mal probieren. He, was ist denn los?«

Mara wischte sich die Tränen aus den Augen, die sie gar nicht bemerkt hatte, bis Joe ihr sein Taschentuch reichte. Obwohl Joe selbst keine Kinder hatte, hatte er so eine väterliche Art an sich, daß es Mara immer so vorkam, als sei sie seine Tochter genauso wie die seines Bruders. Er interessierte sich für alles, was sie anging.

Joe nahm einen Lappen aus dem Schrank und begann, ›Hannah‹ zu polieren.

»Ich glaube, du solltest etwas tun, was dir deine innere Ruhe zurückgibt«, sagte er. »Du bist wie ein Boot, das draußen auf See Schiffbruch erleidet. Man muß es in den sicheren Hafen ziehen.«

Mara sah ihn an und mußte trotz allem lächeln. »Willst du mich etwa schleppen, Onkel Joe?«

»Ich würd's gern versuchen.«

»Wie denn? Ich kann bestimmt nie wieder glücklich sein.«

»Was soll eigentlich aus der Prüfung werden, die du ablegen wolltest. Du sprichst nicht einmal mehr davon, und dabei hattest du nichts anderes im Kopf. Sogar hier hast du dafür gelernt. Wie wär's, sollen wir die Fragen zusammen durchgehen?« fragte er aufmunternd. »Du wirst schneller achtzehn, als du glaubst.«

Daran brauchte man Mara nicht zu erinnern. Jennifer und sie waren nur einen Monat auseinander gewesen.

»Na los«, forderte Joe, der ihre Gedanken erriet, sie auf. »Heute ist ein guter Tag dafür. Versuch, meine Frage schnell zu beantworten.« Hannah begann, unter seinem Putztuch zu glänzen. »Nenn mir die für das Öffnen und Schließen einer Zugbrücke gültigen Vorschriften.«

Einige Monate zuvor hätte Mara die Fragen noch mit Begeisterung beantwortet. Seit ihrer Kindheit war es ihr Ziel gewesen, an der Brücke zu arbeiten, und jetzt, nur Monate vor ihrem achtzehnten Geburtstag, hatte sich ihr Traum fast erfüllt. Nur verdiente sie es nicht mehr. Denn auch Jennifer hatte Träume gehabt.

»Na los. Du weißt die Antwort doch, Mara.«

Roboterhaft leierte sie die Antworten herunter. Vielleicht, dachte sie, würde alles weniger schlimm sein, wenn sie alles aufgab, wenn sie ihren Posten verließ und der Tatsache ins Auge sah, daß sich alles geändert hatte. Wenn nichts mehr so war wie früher, warum sollte man dann so tun?

»Fantastisch. Ich wußte, daß du noch nichts vergessen hast. Du wirst die Prüfung mit links machen!«

Mara verschwieg ihm, daß es keine Prüfung geben würde. Sie wollte ihm nicht weh tun und die Enttäuschung darüber ersparen, daß sie Ocean View würde verlassen müssen, wenn sie jemals vergessen wollte.

Im Laufe des Nachmittags gab es noch ein paar Zwischenfälle. Eine Fahrradfahrerin blieb mit dem Vorderrad in dem schmalen Spalt zwischen Brücke und Straße hängen und stürzte in hohem Bogen auf den Asphalt. Zum Glück kam sie mit Hautabschürfungen am Knie und einer zerbrochenen Brille davon. Mara trug den Vorfall ins Dienstbuch ein.

Kurze Zeit später mißachtete ein Autofahrer die rote Ampel und ließ seinen Wagen bis kurz vor die Schranke rollen, so als ob er losfahren wollte, ohne auf Maras Signal zu achten. Mara lief mit ihrer Flagge hinaus und forderte ihn auf, zurückzusetzen.

Sie war kaum wieder im Brückenhäuschen, als ein Schiff einen Passagier mit einem ausgekugelten Arm meldete.

»Sorgen Sie bitte dafür, daß die Polizei und ein Arzt in vierzig Minuten an der Pier sind«, bat der Kapitän.

Am späten Nachmittag wurde es ruhiger. Joe faltete die amerikanische Nationalflagge zusammen, die er gerade auf dem Hausdach eingeholt hatte.

»Erinnere mich daran, daß ich morgen eine neue kaufe«, sagte er zu Mara mit einem Blick auf das mehrfach geflickte Tuch.

Mara saß an der Tür und wartete auf den Briefträger. Sie fragte sich, ob sie wohl noch einmal etwas von Christopher hören würde. Wahrscheinlich hatte sie ihn damit abgeschreckt, daß sie ihm, der ihr völlig fremd war, ihr Herz ausgeschüttet hatte. Als Chuck, der Briefträger, endlich kam, ging Mara schon ungeduldig vor der Tür auf und ab.

»Verdammt windig da draußen«, sagte er, als er eintrat. »Seid ihr sicher, daß eure Schranken nicht von allein herunterfallen?«

Chuck stellte diese Frage immer, wenn der Wind im Winter landeinwärts wehte. Er reichte ihr einen Brief. »Da hält dich ja jemand ganz hübsch auf Trab«, meinte er, nahm sich einen Pappbecher und goß sich heißen Kaffee ein.

Als Chuck wieder gegangen war, zog Joe sich seine Jacke an. »Ich gehe mal Pete besuchen. Wenn es Schwierigkeiten gibt, ruf mich an.«

Joe hatte kaum die Tür hinter sich geschlossen, als Mara auch schon ungeduldig den Briefumschlag aufriß.

Liebe Mara,
ich glaube, ich stecke jetzt wirklich tief in der Tinte, und das alles nur wegen Freddie. Man muß

ihn schon kennen, um ihn zu verstehen. Ich hab' Dir doch letztes Mal von der Demonstration am Strand geschrieben. An demselben Tag hat ihm jemand das Restaurant angesteckt, aber das hält ihn genauso wenig auf wie die Tatsache, daß die meisten in der Stadt wünschen, er würde auf der Stelle tot umfallen. Sie geben ihm die Schuld daran, daß die Restaurants Umsatzeinbußen hinnehmen mußten. Er marschiert jetzt überall mit Transparenten herum, auf denen steht: ›Baden Sie auch in Ihrem eigenen Abwasser?‹

Freddie hat die fixe Idee von einem Geisterschiff. Es hat keinen Namen, aber er schwört Stein und Bein, daß es nachts hinausfährt und irgendwelche Abwässer ungeklärt sechs Meilen vor der Küste ins Meer leitet. Er glaubt, daß er die Menschen für sich gewinnen und die ganze Sache vor Gericht bringen kann, wenn er dieses Schiff oder diese Schiffe, denn seiner Meinung nach könnten es mehrere sein, auf frischer Tat ertappt. Ich bin allerdings ziemlich sicher, daß er das Schiff nie finden wird. Wir waren diese Woche jeden Abend draußen, aber das hat nur dazu geführt, daß wir uns beide eine dicke Erkältung geholt haben. Wenn er die ganze Angelegenheit doch nur vergessen könnte! Die Menschen hier wollen auch nichts mehr davon hören. Freddie geht immer wieder zur Pier hinaus und verteilt seine Flugblätter.

Als Freddie erfuhr, daß wir uns schreiben, dachte er sofort an das Piratenschiff und daran, wie Du uns helfen könntest. Es soll ein großer Lastkahn sein, der wie alle anderen auch von einem Schlepper gezogen wird. Mit dem Unterschied, daß dieses Gespann nicht so weit hinausfährt und daß der Lastkahn auf der Seite eine große Markierung hat. Es sieht aus wie ein großer Farbklecks in der Form eines großen L. Weil Du dich so oft und lange in dem Wärterhäuschen aufhältst, könntest Du ja vielleicht danach Ausschau halten und Freddie anrufen, wenn Du etwas siehst. Seine Telefonnummer ist 274-3203. Es wäre toll, wenn Du die Augen offen hieltest, und Freddie wäre Dir bestimmt dankbar dafür.

Hoffentlich kommt Deine Welt wieder in Ordnung.

Viele Grüße,
Christopher.

Während sie den Brief las, versuchte sie sich vorzustellen, wie Christopher wohl aussehen mochte. Es war ihr egal, ob er groß oder klein, blond oder dunkelhaarig war. Daraus, wie er Freddie half, schloß sie, daß er nachdenklich und freundlich sein mußte.

Sie fühlte sich ihm so nahe, als säße er im Stuhl gegenüber und als hätten sie sich lange und sehr offen miteinander unterhalten. Lächelnd dachte sie an all die Dinge, die sie ihm gern gezeigt hätte, wenn er tatsächlich bei ihr gewesen wäre: Das Brückenhäuschen, den Sonnenaufgang, der die See in glühendes Rot tauchte. Abends würde sie ihm zeigen, wie das Mondlicht eine breite helle Spur auf die Brücke zeichnete. Sie wollte ihn zu sich nach Hause mitnehmen und ihm die alte Heizungsanlage zeigen. Joe hatte recht: Es gab etwas, das die düsteren Gedanken vertreiben konnte. Christopher hatte den Brief beantwortet. Er hatte sich nicht zurückgezogen.

In diesem Moment ging die Tür auf: Es war noch einmal Chuck.

»Ich habe noch einen Brief für Dich«, sagte er. »Er lag ganz unten in meiner Tasche. Entschuldige.« Dann ließ er sie mit dem kleinen Umschlag, auf dem kein Absender stand, allein. Mara öffnete ihn und fand ein zusammengefaltetes Blatt Papier darin. Sie faltete es auseinander, und ein goldener Armreif fiel ihr in die Hand. An dem Reif war ein kleines Herz befestigt. Mara erkannte es sofort, denn sie und Jennifer hatten sich bei ihrem letzten Geburtstag jede einen geschenkt. Mara hatte ihren in die Kommode gelegt.

Auf dem Zettel stand eine Nachricht: *Diesen Reif habe ich in Jennifers Kommode gefunden. Ich wollte ihn nicht wegwerfen, aber behalten konnte ich ihn auch nicht. Vielleicht kannst Du ihn für mich aufbewahren.* Die Nachricht war unterschrieben von Mrs. Grant.

Mara schloß die Hand und hielt den Reif so fest, daß es weh tat. Dann steckte sie ihn vorsichtig in ihre Tasche, und obwohl er wirklich nicht viel wog, kam er ihr zentnerschwer vor. Sie blickte hinüber zum Stuhl, auf dem Christophers Brief lag. Wie hatte sie gerade noch glauben können, es gäbe doch eine Zukunft für sie? Schnell kritzelte sie eine Antwort.

Christopher, ich glaube, wir sollten uns nicht mehr schreiben. Ich bin jetzt mit einem Schul-

kameraden zusammen. Sie verschloß den Umschlag, schrieb die Adresse darauf und warf ihn in die Postmappe, die Joe auf den Tisch gelegt hatte.

Mara wollte keinen Freund mehr in ihrem Leben; sie wollte niemanden, um den sie sich Sorgen machen mußte und den sie verlieren konnte. Sie würde es nicht über sich bringen, sich noch einmal jemandem zuzuwenden. Und außerdem hatte sie es auch nicht verdient.

8 »Einen Brief nur. Um mehr bitte ich dich ja gar nicht«, flehte Freddie am Telefon. »Du brauchst ihr ja nur von dem Schlepper zu schreiben. Die anderen an der Brücke, mit denen ich gesprochen habe, wollen nichts damit zu tun haben. Auf dich hört sie bestimmt eher als auf mich.«

Christopher hatte es nicht gern getan, doch um Freddies willen hatte er Mara einen letzten Brief geschrieben. Damit konnte er das Kapitel als abgeschlossen betrachten. Das gleiche hatte er allerdings auch bei Freddie vor. Einen letzten Gefallen noch, und dann würde er ihm frei und unbeschwert den Rücken kehren und sich seinen eigenen wichtigen Problemen zuwenden können — wie etwa der Suche nach einem neuen Job.

Christopher zog die Speichen seines Fahrrads nach und holte die Luftpumpe aus der Garage. Er wußte selbst nicht, warum er so wütend war. Er gab Harry die Schuld.

Dieser Computer hatte offenbar keine Ahnung von dem, was er tat, wenn er ein Mädchen auswählte, das Christopher in einem Brief ihr Herz ausschüttete und ihn im nächsten aufforderte, er solle sie in Ruhe lassen. Sie hatte also einen Freund. Möglich, daß Harry gut rechnen konnte, aber Menschen zusammenbringen konnte er nicht. Obwohl Chris und Mara sich mittlerweile zumindest in der Hinsicht einig geworden waren, daß sie nichts voneinander wissen wollten.

Christopher spritzte mit einem Wasserschlauch sein Fahrrad ab, und dann ließ es sich nicht länger aufschieben, daß er zu Johnnys Kiosk fuhr.

Der Kiosk war in der Stadt so etwas wie eine Institution, und Johnny hatte Chris in den vergangenen Monaten mehrmals wissen lassen, daß er eine Hilfe suchte.

»Ich werde zu alt für so einen langen Tag«, hatte er sich beklagt. »Ich brauche einen jungen Helfer, aber es muß jemand sein, dem ich trauen kann. Ich nehme schließlich nicht jeden.«

Das einzige Problem bestand darin, daß er weniger Lohn zahlte als Freddie, daß man länger arbeiten mußte, und daß die Arbeit nichts mit Kochen zu tun hatte. Andererseits gab es in der Stadt kaum noch Gelegenheitsjobs, weil die Geschäfte nicht mehr so gut gingen wie früher. Viele Touristen hatten Angst vor einem Urlaub am Meer. Christopher war sich nicht sicher, ob Menschen wie Freddie nicht hysterisch waren und damit die anderen ebenfalls hysterisch machten. In der vagen Hoffnung, daß Johnny ihn vielleicht gar nicht haben wollte, fuhr Christopher zum Kiosk.

»Lange nicht gesehen«, begrüßte Johnny ihn, als er sein Fahrrad an den Zeitungsständer schloß. »Was machst du denn so?«

»Nichts«, antwortete Christopher, »ich bin arbeitslos. Freddies Restaurant ist abgebrannt.«

»Ich habe schon davon gehört«, entgegnete Johnny. Er gab einem Passanten eine Zeitung und steckte das Geld in seine Gürteltasche. »Neuigkeiten erfährt man nirgends schneller als hier.«

»Ich brauche einen Job.« Christopher ordnete einen Haufen Zeitungen zu einem ordentlichen Stapel. »Gilt Ihr Angebot noch?«

Johnny kaute schweigend seinen Kaugummi und sah Christopher eine Weile nachdenklich an. Dann sagte er: »Es hat Jahre gedauert, bis ich diesen Stand aufgebaut hatte. Es soll niemand hier arbeiten, der nicht mit dem Herzen dabei ist. Das könnte mich alles kosten, was ich aufgebaut habe.«

Einen Augenblick lang war Christopher versucht, ehrlich zu Johnny zu sein, aber er konnte seine Eltern nicht ewig um Geld bitten. Und Geld würde er brauchen, wenn er sich seinen Wunsch von einem eigenen Restaurant erfüllen und vielleicht sogar nach Europa reisen wollte, um dort von den besten Köchen der Welt zu lernen.

»Ich brauche das Geld. Ich werde schuften wie ein Pferd«, sagte er deshalb mit Nachdruck.

Johnny spuckte seinen Kaugummi aus. »Wann kannst du anfangen?«

»Wann Sie wollen.«

»Wie wär's mit sofort?« Johnny steckte sich einen neuen Kaugummi in den Mund. »Ich kassiere. Du gibst den Kunden ihre Zeitung und hältst die Stapel in Ordnung.«

Christopher stellte sich neben Johnny. Er fühlte sich jetzt schon irgendwie fehl am Platz, ohne die vertraute Atmosphäre von Freddies Restaurant und das Krächzen der Möwen in der nahen Bucht.

Von diesem Tag an dachte Christopher bei seiner Arbeit pausenlos an Freddies Restaurant, und mit der Zeit begann er, das, was er tat, zu hassen. Er fing an, sich vor Samstagen zu fürchten, denn dann erschien Johnny erst nachmittags um fünf am Zeitungsstand, und Christopher fragte sich in den Stunden, in denen er allein war, wie lange es wohl dauern würde, bis er wieder bei Freddie arbeiten könne. Weil er so viel Zeit zum Nachdenken hatte, dachte er auch an Mara und überlegte, wie sie wohl aussah, denn sie hatten sich keine Fotos geschickt. Vielleicht hat sie von vornherein nicht vorgehabt, sich mit mir zu treffen, überlegte er.

»Guten Morgen, Christopher.« Ein Geschäftsmann in einem teuren Anzug drückte Christopher einen Dollar in die Hand und nahm die sorgsam in eine Plastikhülle eingeschlagene Zeitung entgegen. Er kam jeden Samstagmorgen vorbei und sagte jedesmal: »Der Rest ist für dich.«

Christopher bedankte sich. Auf der einen Seite war er dankbar für das Trinkgeld, andererseits befürchtete er, daß die Leute in ihm bereits Johnnys Nachfolger sahen. Eine Frau, die in einem Modegeschäft auf der anderen Straßenseite arbeitete, brachte ihm morgens und mittags Kaffee. Samstags bekam er von Joe, dem Pizzabäcker jedesmal eine große Portion geschickt. Es bestand kein Grund zum Klagen; es war ein sicherer Arbeitsplatz, und Christopher brauchte das Geld. Nur war es ein Job, der einfach nicht zu ihm paßte. Er konnte nicht soviel Enthusiasmus und Begeisterung für seine Arbeit aufbringen wie

Johnny, und er konnte es kaum erwarten, bis der Tag vorüber war.

»Du bist ein Naturtalent«, meinte Johnny einmal, als er Christopher ablöste. »Die Leute mögen dich. Sie fühlen sich zu dir hingezogen. Das ist wichtig beim Verkaufen. Die Kunden spüren, daß du sie magst.«

Christopher hielt sich mehr zurück als Johnny, der sich bei seinen Kunden nach der Familie oder der Arbeit erkundigte und ihnen Rezepte gegen Krankheit oder Arbeitsunlust empfahl. Christopher befaßte sich nicht mit ihrem Privatleben, weil er auf dem Weg zu einem bestimmten Ziel war und diese Arbeit nur benutzte, um dorthin zu gelangen. Trotzdem arbeitete er ehrlich und fleißig. Das einzige, was er nicht konnte, war das lautstarke Anpreisen der Zeitung.

Das wiederum gehörte für Johnny einfach dazu. Es war so sehr Bestandteil seines Lebens, daß er sogar davon träumte. »Neuuueste Ausgabe der Aaabendzeitung«, rief er alle zwei Minuten so pünktlich, daß man die Uhr danach hätte stellen können. In der vergangenen Woche war in der Zeitung ein Bericht über ihn erschienen, in dem es geheißen hatte, er sei wahrscheinlich der letzte im Staat, der seine Ware noch auf diese Weise anpries.

Er versuchte, es Christopher beizubringen. »Na los«, forderte er ihn auf. »Versuch es doch einfach mal. Wenn du ein bißchen übst, wird es schon klappen.« Aber es klappte nicht. Die Worte blieben Christopher im Hals stecken, als ob sie nicht dort hingehörten.

An diesem Samstag löste Johnny Christopher um fünf Uhr ab. »Es wird kalt heute nacht«, sagte er durch den dicken Schal, den er sich um Hals und Mund gebunden hatte. Dazu trug er Ohrenschützer und einen schwarzen Filzhut, den er tief in die Stirn gezogen hatte. Johnnys lange Handschuhe reichten bis in die Ärmel seines Mantels. Fast jedes Fleckchen seiner Haut war bedeckt. »Geh nur«, fuhr er fort. »Es ist Samstagabend, der schönste Abend der Woche, wenn man jung ist.«

So schön fand Christopher diesen Abend gar nicht. Bis auf das Schreiben eines wichtigen Briefes hatte er nichts vor. Auf dem Heimweg kaufte er im Supermarkt eine Tüte Brezeln, Schokoladeneis und eine Tüte tiefgefrorene Pommes frites. Er hatte einen Bärenhunger.

Nach dem Essen schrieb er dann einen Brief an Harry.

Lieber Harry,

zuerst will ich Dir sagen, daß Du keine Ahnung von Frauen hast. Ich hätte mich an einer Straßenecke oder bei einem Schulball oder sogar im Einkaufszentrum klüger angestellt als Du bei Deiner Kandidatenauswahl. Wenn Dir das nächste Mal ein Junge schreibt, dann tu ihm einen Gefallen, sag ihm die Wahrheit. Sag ihm, daß du nichts weiter bist als ein elektronisches Gerät, bei dem ein paar Teile nicht funktionieren. Ich finde es nicht gut, daß Du mir mein Leben durcheinandergebracht hast. Diese Mara — zuerst schreibt sie mir, dann schreibt sie mich ab. Ich weiß, bei Dir gibt es keine Garantie wie beim Kauf einer

Waschmaschine oder eines Fernsehgeräts. Ich weiß auch, daß Du mir nichts weiter versprochen hast, als den Namen eines Mädchens, dem ich schreiben könnte, aber ich glaube wirklich, Du hättest Deine Arbeit besser machen können. Vor ein paar Monaten wußte ich noch nicht, daß es dieses Mädchen namens Mara überhaupt gibt. Jetzt weiß ich, daß sie an der Brücke arbeitet und nichts von mir wissen will. Zugegeben, es gab viele Mädchen, die nichts von mir wissen wollten, aber das konnte man ihnen wenigstens ansehen, und ich brauchte nicht vierzig Dollar zu bezahlen, um es herauszufinden. Falls Du dich also mal für einen Samstagabend verabreden willst, Harry, wende Dich vertrauensvoll an mich, damit ich mich revanchieren kann.

Dein unzufriedener Kunde
Christopher

Gerade als er den Brief beendete, läutete das Telefon. Es war Freddie.

»Hallo, Junge. Lange nichts von dir gehört!«

»Am Kiosk war viel zu tun«, sagte Christopher. »Und wie geht's mit dem Restaurant voran?«

»Im Schneckentempo. Bei der Kälte kann ja niemand arbeiten. Es wird wohl noch eine Weile dauern. He, hast du schon mal wieder was von dieser Mara gehört? Du weißt schon, das Mädchen, dem du von dem Schlepper schreiben wolltest.«

»Ich habe ihr geschrieben, Freddie. Anscheinend hat sie kein Interesse.« Das war nicht einmal gelogen, fand Christopher.

»Das ist schade. Hast du die Zeitung gelesen, Junge? Der ganze Dreck wird jetzt auf die Strände gespült. Und es hat ein großes Fischsterben gegeben, tausende von Plattfischen sind gestorben. Ich sage dir, Christopher, wir müssen etwas unternehmen, bevor die Sommersaison beginnt, und das schnell.«

»Hör mal, Freddie, ich hab' dafür im Moment wirklich keine Zeit. Die Arbeit am Kiosk, das Training . . .« Er wollte Freddie durch die Blume sagen, daß er ihn in Ruhe lassen sollte, daß er froh war, einen Job zu haben, und daß viele Arbeit finden würden, wenn Freddie nicht so ein großes Mundwerk hätte. Im Grunde fing Christopher schon an, wie die Fischer zu denken, die von Freddies Kreuzzug genug hatten.

»Ja, aber hier geht es um etwas Wichtigeres. Das hat mit Arbeit oder Spaß nichts zu tun! Es geht um unser Meer, Junge. Das darf doch keinen kaltlassen.«

»Also, ich finde, das Meer sieht ganz normal aus. Außerdem habe ich mit vielen Leuten darüber gesprochen, und anscheinend macht sich niemand soviel Sorgen wie du. Die meisten glauben, daß es sich selber reinigen wird, wenn wir es in Ruhe lassen.« Man hatte Christopher auch gesagt, daß Leute wie Freddie nichts anderes als Panikmache betrieben, aber das behielt er lieber für sich.

Am anderen Ende der Leitung herrschte ziemlich lange Schweigen. Christopher konnte förmlich hören, wie es in Freddies Kopf arbeitete.

»Ich dachte, ich könnte mich auf dich verlassen, mein Junge. Nach allem, was wir zusammen durchgemacht haben.«

»Freddie, ich muß los«, log Christopher. »In zehn Minuten soll ich am Kiosk sein. Johnny sieht es nicht gern, wenn man zu spät kommt.« Er erwähnte auch mit keinem Wort, ob er sich wieder melden würde.

Als er den Hörer auflegte, ging es Christopher nicht so gut, wie er gedacht hatte. Freddie war er los. Wenn er nicht wollte, brauchte er niemals mehr über die See und alles, was darin schwamm, nachzudenken. Er könnte wie alle anderen auch darin schwimmen und die Schiffe beobachten, und er müßte nie an all die Zahlen und Daten denken, mit denen Freddie ihn überhäuft hatte. Er würde den Dreck im Meer genauso vergessen wie Mara — und es würde ihm leichtfallen, weil er sie nie kennengelernt hatte.

Doch nachdem Christopher seinen gesamten Einkauf, eine Tüte Kartoffelchips und noch zwei Äpfel gegessen hatte und das Fernsehprogramm ihn zu langweilen begann, merkte er, daß ihm ständig die Brücke und Mara durch den Kopf geisterten.

Es konnte immerhin sein, daß sie an diesem Abend dort war, und wenn er wollte, brauchte er nichts weiter zu tun, als auf seinem Fahrrad hinzufahren. Das würde zwar vielleicht eine Weile dauern, aber dafür konnte er sich das Mädchen wenigstens einmal ansehen, dem er nicht mehr schreiben wollte.

Der Märzwind blies Christopher auf dem Weg zum Strand kalt ins Gesicht. Er fuhr die hell erleuchtete Promenade entlang aus Star-Brite hinaus und bog auf die Straße nach Ocean View ein. Das Meer konnte er zwar nicht sehen, doch sein Rauschen begleitete ihn auf dem gesamten Weg.

Als Christopher die Brücke erreichte, fuhr er langsamer. In dem kleinen Häuschen brannte Licht. Langsam ließ er sein Rad den Gehweg hinaufrollen und hielt vor der Tür des Brückenhäuschens an.

Durch das Fenster neben der Tür entdeckte er einen Mann in gelber Jacke und Mütze, der neben dem Telefon saß. Es sah aus, als schriebe er etwas in einen Terminkalender. Christopher wollte sich schon abwenden, doch da sah er sie. Sie saß in der hinteren Ecke, auf einem Stuhl am Fenster, von dem aus sie das Meer sehen konnte. Obwohl sie sich mit einem Mantel zugedeckt hatte, sah Christopher das lange schwarze Haar, das hübsche Gesicht und den aufs Meer gerichteten Blick. Das mußte Mara sein. Harrys Beschreibung paßte auf sie, und wie Freddie erzählt hatte, war sie das einzige Mädchen an der Brücke.

Leise schob Christopher sein Rad zum Geländer, von wo aus er wie Mara das Meer und den Vollmond sehen konnte, der in fahlem Gelb vom Himmel strahlte. Christopher vergaß, wie lange er nur ein paar Schritte von Mara entfernt dort gestanden hatte, wütend auf sich selbst, weil er nicht den Mut fand, ins Häuschen hineinzugehen und hallo zu sagen. Was machte es schon, daß sie einen Freund hatte oder ihm nicht mehr schreiben wollte? fragte er sich. Es war doch nichts dabei, wenn sie ein paar Worte miteinander wechselten, und das war sie ihm schuldig, nachdem sie ihm ihr Herz über Jennifer ausgeschüttet hatte.

»Stimmt was nicht?« fragte in diesem Moment eine Stimme hinter ihm.

Christopher drehte sich um und sah in Maras große Augen.

»Ich habe dich hier stehen sehen und dachte, du hättest vielleicht einen Platten«, sagte Mara mit einem Blick auf das Fahrrad.

»Nein, nein . . . alles in Ordnung«, versicherte Christopher ihr hastig. »Ich wollte nur eine kurze Pause machen.«

»Es ist kalt«, meinte sie und schlug den Kragen hoch, um sich gegen den Wind zu schützen. Stirnrunzelnd schaute sie zur Brücke hinüber. »Sogar die Schranken klirren vor Kälte.«

»Arbeitest du hier?« fragte Christopher, obwohl er die Antwort schon kannte.

Sie nickte. »Allerdings nur stundenweise, nach der Schule und an den Wochenenden.«

»Ist es nicht sehr einsam da drin?« Christopher zeigte auf das Häuschen. Überrascht stellte er fest, daß es ihm leicht fiel, sich mit ihr zu unterhalten, ja, er fühlte sich sogar wohl dabei. Es war, als hätte er zuerst ihr Inneres kennengelernt und hätte jetzt keine Angst mehr vor dem Äußeren.

»Nein, ich bin gern dort. Manchmal ist niemand da außer mir und dem Meer, und das ist so, als ob die Welt am Horizont zu Ende ist, verstehst du?«

»Ich glaube schon«, antwortete er, obwohl er es

nicht verstand. Er hätte eine solche Einsamkeit, wo man Stunde um Stunde in einem Raum verbrachte, der nicht viel größer war als ein Kleiderschrank, nicht ertragen können; er begann sich zu fragen, was es für Menschen waren, die es konnten. Bestimmt solche, die sehr stark waren, die allein sein konnten und nicht ständig die Nähe anderer brauchten. Christopher kannte nicht viele Leute in seinem Alter, denen eine solche Arbeit gefallen hätte.

»Du, Mara, ich gehe mal auf einen Sprung zu Pete rüber. Übernimm bitte für mich, ja?« Der Mann, der mit Mara im Häuschen gesessen hatte, zog den Reißverschluß seiner Jacke hoch und ging in Richtung Brücke.

»Ich würde dich ja reinbitten, damit du dich etwas aufwärmen kannst«, sagte sie zu Chris, »aber die Vorschriften sind mittlerweile ziemlich streng. Bis auf das Bedienungspersonal darf niemand das Häuschen betreten.« Bevor sie ging, lächelte sie, und Christopher fiel auf, daß sie Grübchen hatte.

Bevor er in jener Nacht einschlief, stellte er sich eine Menge Fragen: *Wieso hast du ihr nicht gesagt, wer du bist? Warum bist du zur Brücke gefahren, um sie zu sehen? Wäre es nicht einfacher gewesen, wenn du sie nie zu Gesicht bekommen hättest? Wieso willst du sie unbedingt wiedersehen?*

9 »Ich will das Haus verkaufen.«

»Das ist doch nicht dein Ernst«, hörte Mara ihre Mutter ungläubig fragen. Die Unterhaltung ihrer Eltern unten im Wohnzimmer war durch die dünnen Wände bis zu ihr herauf zu hören.

»Ich kann hier nicht mehr leben! Ich kann das Wissen um den Schmerz nicht ertragen, den Ruth und Mark empfinden. Mark spricht nicht mal mehr mit mir. Er geht mir aus dem Weg. Ruth schneidet mich, sobald ich versuche, auf sie zuzugehen. Wenn ich in den Hinterhof schaue, fällt mir wieder ein, wie unsere Kinder dort zusammen im Sandkasten gespielt haben. Ich muß weg von hier, und ich glaube, Mara geht es genauso. Im Grunde will ich nur um ihretwillen hier weg.«

»Wir können nicht davonlaufen«, sagte Maras Mutter. »Später vielleicht, wenn wir darüber hinweg sind, aber nicht jetzt, so mittendrin. Wir hängen doch an diesem Haus. Wir sind noch nicht einmal mit dem Restaurieren fertig. Vergiß nicht, wie du immer gewitzelt hast, wir würden ein Leben lang dafür brauchen.«

»Das war damals. Jetzt geht es um die Gegenwart. Das letzte Jahr ist mir so lang vorgekommen, wie ein ganzes Leben. Ich kann Mara nicht so leiden sehen. Vielleicht wäre es einfacher für sie, wenn wir das alles hier hinter uns ließen.«

»Nein, so können wir nicht leben. Sollen wir etwa, weil wir mit der Erinnerung nicht fertigwerden, von einem Ort zum andern ziehen? Wir können hingehen, wo wir wollen, die Vergangenheit holt uns immer wieder ein. Wir müssen bleiben und uns von der Last befreien. Wir müssen einsehen, daß Jennifer tot ist und daß wir die Ereignisse jener Nacht nicht rückgängig und sie nicht wieder lebendig machen können. Das Leben geht doch weiter. Mara muß aus ihrem etwas machen, ihm einen Sinn geben, eine Bedeutung, damit es wieder einen Wert für sie bekommt. Weißt du, was ich sagen will? Mara muß daraus lernen und weiterleben. Wir alle sollten das tun.«

Die Entschlossenheit ihrer Mutter überraschte Mara. Sie hatte immer geglaubt, ihr Vater sei der Stärkere.

»Aber siehst du denn nicht ein, daß es ihr genauso geht wie mir? Es sind unsere Nachbarn, und sie geben ihr die Schuld. Deshalb kommen wir uns hier wie in einem Gefängnis vor.«

»Und was ist mit all dem, woran wir hier so hängen?« beharrte ihre Mutter. »Das Meer, der Strand, die Ruhe und der Frieden hier in der Stadt? Und das Haus, dieses uralte Haus, das ein Teil von uns geworden ist?«

»Spielt das denn jetzt noch eine Rolle? Wenn ich aufs Meer hinausschaue, sehe ich Jennifer und Mara und die Grants vor mir, und uns, wie wir alle zusammen bis zur Absperrung schwimmen.«

»Vielleicht brauchen wir jemanden, der uns hilft«, schlug Maras Mutter vor. »Vielleicht sollten wir eine Therapie mitmachen.«

»Wir sind eine Familie. Uns braucht niemand dreinzureden. Eine Familie sollte in der Lage sein, ihre Probleme gemeinsam und aus eigener Kraft zu lösen.«

Es wurde still unten im Wohnzimmer. Mara lag im Bett und versuchte, die Unterhaltung ihrer Eltern zu vergessen. Sie nahm ihren kleinen Wecker vom Nachttisch neben ihrem Bett und las die Zeit ab. Es war zwölf Uhr, und heute, am Freitag würde wahrscheinlich Joe Nachtdienst haben. Mara stand auf und zog sich einen Pullover und eine dicke Hose über. Ihren Eltern schrieb sie eine Nachricht, die sie auf den Küchentisch legte. *Bin an der Brücke. Bin zum Frühstück wieder da.*

Den ganzen Weg zur Brücke gingen ihr die Worte ihres Vaters durch den Kopf. Sie hatte auch das Leben ihrer Eltern zerstört. Es war, als wären bei dem Unfall sechs Menschen ums Leben gekommen — zwei glückliche Familien, die man mit Jennifer zusammen begraben hatte.

Wie ein Leuchtturm stand das Brückenhäuschen mit seinem warmen und einladenden Licht in der Nacht. Die Schranken waren geöffnet und reckten sich in den dunklen Himmel. Mara sah Joe auf dem Stuhl neben der kleinen Lampe sitzen, die Füße auf ›Hannah‹ gelegt.

Mochte das Leben neben Jennifers Eltern auch beinahe unerträglich geworden sein, so wußte Mara doch, daß sie nirgendwo sonst als am Wasser leben konnte. Vielleicht in einem anderen Haus, aber das einzig Beständige in ihrem Leben waren das Meer und die Brücke. Sie würden sie nicht im Stich lassen.

Plötzlich blieb sie stehen. Ein Schild, das einige

Meter von der Brücke entfernt am Geländer der Promenade lehnte, hatte sie erschreckt. *Weitergehen auf eigene Gefahr. Es sind Injektionsnadeln und medizinische Abfälle an den Strand gespült worden! Es wird empfohlen, den Strand bis auf weiteres nicht zu betreten.*

Mara schaute über das Geländer hinweg in die Dunkelheit. Sie hörte die Wellen schlagen. Unschuldig lag der Strand im Mondschein da, der Sand sah sauber und verführerisch aus. Oft ging sie dort vor der Arbeit ein Stück spazieren. Doch an diesem Abend stand sie nur da und fragte sich, was der Sand wohl alles verdeckte . . .

»Hätte nicht erwartet, dich heute abend hier zu sehen«, murmelte Joe mit schläfrigem Blick, als sie eintrat.

»Ich konnte nicht schlafen«, antwortete Mara. »Und ich dachte, du könntest vielleicht Hilfe brauchen.«

Auf dem Steuerpult lagen ein paar Zettel mit Notizen, aber keiner davon war für Mara bestimmt. Sie war überzeugt davon, daß sie von Christopher keinen Brief mehr bekommen würde. Joe starrte aus dem Fenster.

»He, es schneit«, sagte er plötzlich. »Haben sie im Wetterbericht etwas über einen Schneesturm gesagt?«

»Vielleicht sind es nur ein paar Flocken.«

»Das sieht mir nicht nach ein paar Flocken aus. Vielleicht holen wir besser schon mal den Sand.« Joe schaltete das Radio ein. Mara lief nach unten und holte den großen Eimer, den sie mit Sand füllte und nach oben trug. Sie brauchten eine

Stunde für das Streuen der Brücke und der Gehwege auf beiden Seiten. Ohne den Abgasgestank
der Lastwagen, der im Sommer an heißen Tagen
oft über der Brücke hing, roch die Luft sauber
und frisch.

»So, ich glaube, wir haben genug Sand
gestreut«, meinte Joe schließlich und sie gingen
wieder hinein. Er nahm sein Fernglas, das noch
aus dem Zweiten Weltkrieg stammte, zur Hand
und schaute aus dem Fenster, obwohl es bei dem
starken Schneefall wirklich nichts zu sehen gab.

»Mein Vater hat das im Krieg gemacht«,
erklärte Joe. »Er hat den ganzen Tag nach feind-
lichen U-Booten Ausschau gehalten.«

Es mußte eine von jenen Nächten sein, in
denen Joe Maras Großvater vermißte. Dann
begann er immer vom Krieg und den U-Booten
zu erzählen, die damals nur wenige Kilometer
vor der Brücke gelegen hatten. Damit verschaffte
er sich einen Vorwand, um über seinen Vater
reden zu können. Maras Großvater war vier Jahre
zuvor gestorben, und von seinen drei Söhnen
hatte Joe ihm am nächsten gestanden.

»Als ich elf war, hat er mich das erste Mal mit
hergebracht. Kannst du dir vorstellen, daß ein
Laib Brot damals, neunzehnhundertzweiund-
vierzig, ganze acht Cents kostete? Und Schuhe
gab's für unter vier Dollar.«

Mara blickte hinüber zu dem Ablagekorb, in
dem sie ihre Schlüssel und ihre persönlichen
Sachen aufbewahrte. Christophers letzter Brief
lag zusammengefaltet darin. Sie hatte ihn wegen
der Sache mit dem Piratenschiff aufbewahrt, Joe

aber nichts davon erzählt. Ob es dieses Schiff wirklich gab, das mit Abwässern das Meer und die Strände verseuchte? Da im Augenblick keine Ferienzeit war, gab es wenig Spaziergänger, die sich um den Zustand des Strands Gedanken hätten machen können. Was aber würde im Sommer sein? Was sollte aus den Küstenstädten und der Badesaison werden? Und, was noch wichtiger war, was wurde aus den herrlichen Stränden, die sie so liebte?

Joes Fernglas wanderte von links nach rechts und wieder zurück. Es ließ eine Zeit wieder lebendig werden, zu der sein Vater jung und an seiner Seite gewesen war. »Es gab Verdunkelungen«, erinnerte Joe sich, ohne das Fernglas abzusetzen. »Damals war das Meer hier noch klar wie ein Bergsee. Wir mußten auf der Promenade alle Lichter löschen. Kannst du dir das vorstellen?«

Mara nahm Christophers Brief und faltete ihn auseinander.

»Mein Vater hatte an der Promenade einen kleinen Laden, in dem er Souvenirs verkaufte«, fuhr Joe fort. »Das war vor deiner Geburt, bevor er die Stelle hier an der Brücke annahm. Abends und nachts befestigte er Bretter vor den Fenstern, damit man auf den U-Booten kein Licht sehen konnte.«

Mara blickte auf den vergilbten Zeitungsausschnitt, den Joe an der Wand hinter dem Steuerpult aufbewahrte. Er hing immer noch dort, wo ihr Großvater ihn befestigt hatte, neben seinem gelben Hut, der über einem Haken gestülpt war. Die Tafel an der Wand verkündete acht Regeln, die bei einem Luftangriff zu beachten waren. *In Deckung gehen. Autos und Busse verlassen. Gas abstellen. Dach- und Erdgeschoß meiden. Fenster einen Spaltbreit öffnen. Licht löschen. Ruhe bewahren. Panik vermeiden.*

Mara konnte nur versuchen, sich vorzustellen, was die Menschen bei einem Bombenalarm empfunden hatten, wenn sie auf die Einschläge warteten. Zu dieser Zeit war es im Wärterhäuschen noch anders zugegangen. Jeder hatte eine wichtige Aufgabe zu erfüllen gehabt, und allein die Anwesenheit der Brückenwärter war damals viel wichtiger gewesen.

»Die U-Boote waren dort draußen, manche von ihnen kamen bis auf zwei Meilen heran«, berichtete Joe. Als hielte er Ausschau nach ihnen, schwenkte er das Fernglas von rechts nach links. »Nur ein paar Meilen vor der Küste. Die Strände waren voller Öl, das Wasser auch, und bis auf die Küstenwache mit ihren Hunden durfte niemand sie betreten. Es war für jeden an der Brücke eine gefährliche Zeit. Mein Vater hatte es nicht leicht.«

Die Strände dürfen auch jetzt nicht betreten werden, dachte Mara. Nur war der Feind diesmal unsichtbar, zuerst begraben irgendwo im Meer und jetzt versteckt im Sand. Keine Spaziergänge mehr auf dem Strand. Wie lange wohl, fragte sich Mara. Sie las Christophers Brief noch einmal durch und stockte an der Stelle mit dem Schlepper, dem L und Freddies Kampf für das Meer — ihr Meer und auch Jennifers.

Mara warf einen Blick hinaus auf die See. Die Gefahr von U-Booten bestand nicht mehr, vielleicht aber eine viel größere, die alles zerstören konnte, was Mara immer für selbstverständlich gehalten hatte.

»Es gibt da einen Schlepper . . . und einen Lastkahn, von dem aus Müll näher zum Strand hin abgeladen wird, als erlaubt ist«, erzählte sie Joe. »Es gibt auch Leute, die gern wissen wollen, wenn wir den Kahn sehen. Sie wollen den Besitzer ausfindig machen.«

»Gut, wir werden darauf achten. Man kann hier allerdings nicht auf alles ein Auge haben, Mara. Unsere Aufgabe ist zuallererst die sichere Durchfahrt der Schiffe. Dafür werden wir bezahlt.«

Es schneite die ganze Woche, leicht, aber ununterbrochen, und die dünnen Flocken bildeten Schicht auf Schicht. Für gewöhnlich schmolz Schnee hier wegen der salzhaltigen Luft schnell wieder weg, doch diesmal blieb er sogar auf der Brücke liegen. Immer wieder mußten Joe und Mara Sand aus dem Keller holen. Städtische Fahrzeuge streuten Salz auf die Straßen, doch bald war der Asphalt wieder von Schnee bedeckt. Das Tosen des Meeres war durch die geschlossenen Fenster zu hören. Manchmal donnerte es so laut, daß man denken konnte, am Wärterhäuschen fahre gerade ein Zug vorbei.

Mit dem Schnee kam auch der Frost. Arbeiter füllten die Sandbehälter auf der Brücke wieder auf, schaufelten und kehrten die Gehwege frei, doch die Kälte machte die Brücke immer wieder spiegelglatt. Selbst wenn Mara gewollt hätte, zur Schule hätte sie unter keinen Umständen gehen können. Aber sie wollte ja auch nicht, sie fühlte sich wohl, wo sie war — an der Brücke. Wenn sich die Gelegenheit bot, schliefen Joe und sie im Wechsel auf dem Sessel in der Ecke. Abwechselnd kümmerten sie sich auch um das Streuen der Brücke, damit die Autos einigermaßen sicher hinüberfahren konnten.

»Das gefällt mir nicht«, sagte Joe einmal, als er über die Wasserleitung tastete. »Es fehlte uns noch, daß uns diese alten Leitungen platzen.«

Es schneite immer stärker, und schließlich wurde der Wind zum Sturm. Als Mara mit ihrer Schicht an der Reihe war und mit einer roten Laterne und einer gelben Flagge den Verkehr vor der Brücke zum Langsamfahren aufforderte, erschien Joe mit einem Tau.

»Wir binden die Schranken fest, Mara. Der Wind wird zu stark, und die Brücke ist spiegelglatt. Hilf mir mal.«

Mara nahm das eine Ende des Taus. Gegen den Sturm ankämpfend, banden sie die Schranken zusammen. Dann stellten sie auf beiden Seiten der Brücke Warnblinklichter und Schilder mit dem Hinweis ›Brücke geschlossen‹ auf. Jetzt mußte jeder, der von Star-Brite nach Ocean View wollte, über Land fahren, was einen Umweg von einer halben Stunde bedeutete.

»Ich habe noch nie erlebt, daß ein Sturm so schnell hereinkommt und dann auch noch so lange dauert«, sagte Joe. »Es gab so gut wie keine Vorwarnung.«

Maras Hände und Füße waren starr vor Kälte, obwohl sie dicke Fausthandschuhe und Stiefel trug.

»Schlepper an Brücke, Schlepper an Brücke.« Der Ruf war schwach und von Rauschen überlagert, doch Mara und Joe stürzten an das Funkgerät, als trauten sie ihren Ohren nicht.

»Unvorstellbar, daß bei dem Wetter jemand draußen ist«, meinte Joe. Schnell nahm er das Mikrofon zur Hand. »Wir hören Sie. Können wir Ihnen helfen?«

»Die Brücke zehn Meilen nördlich ist geschlossen. Sie läßt sich nicht öffnen, weil die Leitungen geplatzt sind. Wir mußten umkehren und suchen jetzt eine andere Zufahrt landwärts. Können Sie uns hereinlassen?«

»Unsere Brücke funktioniert einwandfrei«, versicherte Joe ihm. »Geben Sie auf die Hafendämme acht. In einer Minute ist die Brücke oben.« Er reichte Mara die Laterne und einen Handscheinwerfer. »Hier, Mara, geh du bitte nach draußen und überprüf das Schiff. Ich kann es nicht einmal sehen. Ich binde die Schranken los.« Er gab ihr das Fernglas. »Sorg dafür, daß es nicht Kurs auf die Hafendämme nimmt. Ich richte alle verfügbaren Scheinwerfer auf das Boot.«

Mara lief hinaus auf die Brücke, setzte das Fernglas an und beugte sich vor, in der Hoffnung, daß sie es noch ein klein wenig mehr erkennen konnte. Der kräftige Lichtstrahl aus Joes Scheinwerfern erhellte den Hafendamm und die Wasserfläche unterhalb der Brücke. Ein Schlepper tauchte auf und pflügte wie ein riesiges Seeungeheuer durch die hohen Wellen. Dahinter erschien der Lastkahn. Es war unüblich, daß ein Müllschiff und sein Schlepper bei solchem Wetter auf See waren. Mara fragte sich, warum das Gespann nicht früher zurückgekehrt war.

Als das Scheinwerferlicht die Schiffe erfaßte, wurde am Lastkahn kurz eine Markierung sichtbar. Zuerst hielt Mara es für einen großen Farbklecks, doch dann erkannte sie ein rotes L! Die Schiffe ließen die Hafendämme wohlbehalten hinter sich und fuhren in die Bucht ein. Mit Maras Hilfe schloß Joe die Brücke wieder.

Mara hatte kaum das Wärterhäuschen betreten, als sie auch schon Christophers Brief noch einmal las. Ihr wurde klar, daß sie soeben das Piratenschiff gesehen hatte, jenes Schiff, nach dem Freddie suchte, das gegen Gesetze verstieß und das Meer verschmutzte. Zum ersten Mal seit Jennifers Tod hatte sie das Gefühl, eine Aufgabe zu haben; etwas, das wichtiger war, als die schmerzlichen Erinnerungen, mit denen sie jeden Morgen aufwachte.

Es war Jennifers Meer gewesen. Sie hatte es über alles geliebt, und jetzt waren diese Müllschiffe dabei, es zu zerstören. Wenn sie Freddie bei seiner Aktion für die Sauberkeit des Meeres half, würde Jennifer vielleicht erfahren, daß Mara versuchte, auch um Jennifers willen etwas zu tun.

10 »Du bist am Strand in etwas getreten?« Sofort zog Christophers Mutter eine sterile Nadel hervor.

»Nur ein Holzsplitter, Ma, ehrlich«, beteuerte Christopher, während seine Mutter versuchte, den Fremdkörper zu entfernen. »Du hättest ebensogut in eine Spritze oder sonstwas treten können. Und was dann?«

»Jetzt hör aber auf, Mom. Du redest ja fast schon wie Freddie.«

»Halt den Fuß still. Weißt du, in letzter Zeit denke ich oft an Freddie. So vieles von dem, was er gesagt hat, ist Wirklichkeit geworden. Auf die eine oder andere Art schadet der Dreck im Meer uns allen. Mrs. Hunter hat angekündigt, daß sie nächsten Sommer nur dann wiederkommt, wenn sich bis dahin etwas ändert. Sogar Dominic hat sein Restaurant geschlossen.«

Sprachlos schaute Christopher sie an. »Dad wird arbeitslos?«

»Dominics Restaurant steht und fällt mit dem Tourismus. Er hat seit zwei Monaten seine Miete nicht mehr bezahlen können. Dad hat eine neue Stelle im Hinterland in Aussicht, aber wenn er sie annimmt, braucht er bis zur Arbeit ungefähr eine Stunde. So, da hätten wir's.« Triumphierend hielt sie den kleinen Splitter in die Höhe. »Du darfst hier nicht mehr ohne Schuhe an den Strand gehen, hörst du? Keiner von uns weiß, was alles angespült wird. Peggys Tochter ist letzte Woche in eine Nadel getreten. Sie mußte ins Krankenhaus und sich einem Haufen Untersuchungen unterziehen. Peggy macht sich immer noch Sorgen um sie. Ich möchte nicht, daß du noch einmal hier an den Strand gehst, Christopher. Jedenfalls nicht, bevor wir nicht wissen, was gespielt wird.«

Auf dem Weg zur Arbeit kam es Christopher so vor, als sei er wieder acht Jahre alt und dürfte nur mit Erlaubnis seiner Mutter an den Strand gehen. Aber auch seine Probleme beschäftigten ihn. Jetzt, wo sein Vater arbeitslos war, erübrigte sich jeder Gedanke an eine Kündigung bei Johnny von selbst. Und dann waren da noch Mara und das Treffen, das Freddie für diesen Abend angesetzt hatte. Einerseits wollte er nicht gehen, aber andererseits bedeutete ihm das Dabeisein mehr als alles andere auf der Welt.

»Was ist denn los?« fragte Johnny, als Christopher schweigend neben ihm saß und ohne das übliche Lächeln, das Johnny von ihm erwartete, die Zeitungen und Zeitschriften ausgab. »Du mußt sie richtig ausrufen, Junge. Dann fühlst du dich gleich besser. Na los, Chris, es ist wirklich ganz leicht. Du holst einfach nur tief Luft und schreist, so laut du kannst. Du wirst sehen, dann sind alle deine Probleme wie weggewischt.« Johnny machte es ihm vor.

»Neuueste Ausgabe der Aaabendzeitung!«

»Hört sich toll an, Johnny«, sagte Christopher tonlos. »Aber für mich ist das nichts.«

»Tja, früher, da war alles noch anders. Ich könnte dir Geschichten erzählen . . .«

Christopher machte sich schon auf einen von Johnnys Vorträgen darüber gefaßt, wie es in der guten alten Zeit gewesen war. Als hätte er an diesem Tag nicht schon genug erdulden müssen.

Johnnys Vortrag war Christopher vollkommen gleichgültig. Er dachte an Mara und Freddies Telefonanruf und ihr Treffen heute abend.

»Mara hat angerufen. Sie hat den Lastkahn entdeckt«, hatte Freddie aufgeregt gesagt. »Chris, du mußt mit mir rausfahren. Das ist unsere Chance. Du bist der einzige, dem ich bei dieser Sache vertraue.«

»Ich hab' aber keine Zeit, es gibt am Kiosk viel Arbeit«, hatte Christopher abgewehrt und gehofft, daß er Freddie auf diese Weise entmutigen könnte, aber er hätte es besser wissen müssen. Wenn Freddie sich einmal etwas in den Kopf gesetzt hatte, ließ er sich nicht mehr davon abbringen. »Ich brauche dich, Junge. Laß mich nicht im Stich.«

Vielleicht lag es an der pochenden Wunde im Fuß, die ihn an das Gespräch mit seiner Mutter erinnerte, vielleicht dachte er daran, daß die Stadt sich zu ihrem Nachteil veränderte und daß diese Entwicklung gestoppt werden mußte — jedenfalls sagte er zu. Auch wenn Mara sich vielleicht an ihr Treffen an der Brücke erinnerte, ihn wiedererkennen und Harry ihren eigenen giftigen Brief schreiben würde. Als Treffpunkt einigten sie sich auf Freddies Restaurant.

Um fünf Minuten vor sieben war Christopher abends dort. Die Fenster waren noch immer mit Brettern vernagelt, doch auf einem Schild an der Vorderwand stand: *Wiedereröffnung in Kürze.* Mit Erleichterung stellte er fest, daß man die verkohlten Holzbalken bereits abtransportiert hatte. An ihrer Stelle lagen Stapel frischen Bauholzes, und am Gebäude lehnten Leitern, so daß alles so aussah, als ginge es mit den Aufbauarbeiten gut voran.

Trotzdem wirkte es im Dämmerlicht nicht so, als ob Freddie vor dem Frühling würde wiedereröffnen können.

Christopher stellte fest, daß ihm nach so vielen Wochen vor allem das Experimentieren in Freddies Küche fehlte.

›Eines Tages bist du besser als ich‹, pflegte Christophers Vater zu sagen, wenn sie zu Hause zusammen am Herd standen. ›Kochen ist eine Wissenschaft, ein Erlebnis, ein mystischer Augenblick.‹

›Mystische Augenblicke‹ hatte Christopher in der letzten Zeit nur wenige erlebt. Er begann sich gerade zu fragen, ob er nicht am falschen Ort wartete, als einer von Freddies ehemaligen Kellnern vorbeiging. Er trug prallgefüllte Einkaufstüten in der Hand. »Immer noch ein ganz schönes Chaos, was?« fragte er mit einem Blick auf das Restaurant. »Langsam glaube ich, jetzt dreht er völlig durch. Er hält gerade eine Mahnwache vor ›Gerties Restaurant.‹ Du suchst dir wohl besser eine andere Stelle, so wie ich auch. Freddie wird noch in der Klapsmühle enden.«

›Gerties Fischrestaurant‹ war das größte seiner Art in der Stadt und wurde von den eleganter gekleideten Touristen bevorzugt. Christopher eilte dorthin und sah, daß der Kellner nicht übertrieben hatte. Freddie hatte sich zwei große Plakate umgeschnürt, eines vor den Bauch, eines auf den Rücken. Schon aus einem halben Kilometer

Entfernung konnte Christopher lesen, was er zu verkünden hatte. *GIFT AUCH IN WANDER-FISCHEN, DIE VON MAINE NACH FLORIDA ZIEHEN.* Freddie ging vor dem Restaurant auf und ab. Als er sich umdrehte, konnte Christopher auch das zweite Transparent lesen. *POLYCHLO-RIERTE BIPHENYLE IN STREIFENBARSCH, WEISSBARSCH, WEISSEM KATFISCH UND AMERIKANISCHEM AAL GEFUNDEN. SCHRÄNKEN SIE DEN VERZEHR DIESER FISCHARTEN EIN UND GAREN SIE SIE GRÜNDLICH.*

»Was machst du denn hier?« fragte Christopher, obwohl kein Zweifel daran bestand, daß Freddie Gerties Gäste schonungslos aufklären wollte. »Hast du unser Treffen vergessen?«

»Soll das heißen, es ist schon acht?« Freddie schaute auf seine Uhr. »Ich finde das hier so wichtig, daß ich total die Zeit vergessen habe.«

Gerties Gäste, die auf kleinen Holzbänken vor dem Restaurant saßen, blickten nicht gerade erfreut drein. Ein bedrohlich aussehender Typ mit breiten Schultern trat durch die Drehtür des Restaurants und blickte auf den harmlosen Demonstranten herab, der gerade halb so groß war wie er.

»Gertie sagt, du sollst von ihrem Bürgersteig verschwinden«, ließ er Freddie wissen.

»Der Bürgersteig gehört Gertie nicht«, gab Freddie ruhig zurück, ohne dabei aus dem Rhythmus zu kommen. Der Mann versperrte Freddie den Weg. Sie standen ganz nah voreinander, aber Freddie trat nicht zurück.

Christopher ahnte die bevorstehende Ausein-andersetzung und faßte ihn am Ellbogen. »Komm, Freddie. Ich wollte uns gerade was zum Abendessen machen. Du hast doch gesagt, daß wir vor neun nicht an der Brücke zu sein brau-chen.«

Der breitschultrige Typ trat noch einen Schritt näher. »Los, laß uns gehen«, drängte Christopher und stellte sich zwischen die beiden Streithähne. Er bewegte sich nicht, bis Freddie sich schließlich umdrehte, und mit ihm ging.

Freddie blieb sehr still, bis er mit Christopher beim Abendessen saß. Dann aber explodierte er. »Weißt du, was mich so aufregt?« fragte er mit vollem Mund. »Daß die Leute so gleichgültig sind. Ich meine, sie essen den verfluchten Fisch mit den ganzen krebserregenden Stoffen und schwimmen in diesem dreckigen Ozean. Da kön-nen sie doch gleich in der Kanalisation baden. Und dabei wissen sie genau, daß es nicht mehr lange dauern kann, bis uns nichts mehr übrig-bleibt. Wenn sie im Sommer schwimmen gehen, werden sie krank, das Wasser wird vor ihren Augen rot von Bakterien, aber wen kümmert's? Gibt es denn hier niemanden, der sich darüber Gedanken macht. Stecken die alle den Kopf in den Sand?«

»*Du* machst dir doch Gedanken«, widersprach Christopher. Er hatte ein schlechtes Gewissen, weil er wohl zu denen gehörte, die den Kopf in den Sand steckten.

»Warum eigentlich, frage ich mich. Sogar als meine Frau noch lebte, war ich ständig auf irgendwelchen Demonstrationen. Ich habe zwei Kinder im Studentenalter, und sie haben etwas Besseres verdient als einen verrückten Aktivisten zum Vater. So nennt man mich hier . . . einen ›verrückten Aktivisten.‹ Meine Söhne sind darauf angewiesen, daß ich ihnen das Studium finanziere, und was bekommen sie von mir? Ein abgebranntes Restaurant. Auf Monate hinaus kein Einkommen! Nächste Woche fange ich als Fernfahrer an. Wenn ich in dieser Stadt hier Arbeit suchte, würde ich bestimmt keine finden. Ich werde gemieden. Man wendet sich von mir ab. Wenn ich einkaufen gehe, drehen mir die Ladenbesitzer den Rücken zu. Was war denn so schlimm an dem, was ich getan habe, Christopher? Etwa, daß ich die Wahrheit sage?«

Freddie standen Tränen in den Augen, und Christopher konnte ihn nicht ansehen. Er hatte auf einmal keinen Appetit mehr.

»Du liebst das Meer wirklich, nicht wahr?« fragte er leise.

»Junge, das Meer liebt uns. Verstehst du, was ich sagen will? Es gibt uns alles . . . denk nur an die kleinen Seesterne, die du als Kind gesammelt hast . . .« Er sprach undeutlicher, so daß Christopher schon dachte, er schliefe ein. »Wahrscheinlich bin ich einfach nur ausgebrannt. Nimm zum Beispiel heute abend. Da stand ich allein vor Gerties Restaurant. Die Menschen stehen nicht mehr hinter mir, sie sind müde geworden. Sie haben aufgegeben und sind nach Hause gegangen.«

»Alles, was du brauchst, ist was Anständiges zu essen.«

Christopher füllte Freddie fürsorglich eine zweite Portion auf den Teller.

Freddie aß das Gemüse, dann wischte er sich nachdenklich mit der Serviette über den Mund. »Wenn ich gewußt hätte, daß du so begabt bist, hätte ich dich zu meinem Küchenchef gemacht«, sagte er. »Wahrscheinlich bin ich auch nicht besser als alle anderen, stimmt's, Christopher?« fragte er auf dem Weg zur Tür. »Wahrscheinlich habe ich auch den Kopf in den Sand gesteckt. Komm, gehen wir.«

Den ganzen Weg zur Brücke bereitete Christopher sich innerlich auf das Wiedersehen mit Mara vor. Freddie dagegen war aus einem ganz anderen Grund nervös.

»Ich konnte die ganze letzte Nacht nicht schlafen«, gestand er, als sie die Steigung vor der Brücke hinaufgingen. Sein Gesicht wirkte ausgezehrt, seine Augen müde. »Nur ein einziges Mal gewinnen, das wäre schön. Weißt du, was ich meine? Nur dieses Schiff erwischen, die Säcke mit dem medizinischen Abfall öffnen und dann den Sieg auskosten.« Er legte Christopher den Arm um die Schulter. »Du weißt, was ich meine, stimmt's? Es gibt eine Redensart: Was richtig ist, bleibt auch dann richtig, wenn alle gegen dich sind. Und was falsch ist, bleibt auch dann falsch, wenn alle für dich sind. Ich glaube, ich kämpfe für das Richtige, und hoffentlich wachen die Menschen auf und erkennen, was vor sich geht. Mit Brechampullen, Injektionsnadeln und Blutproben wird uns AIDS an die Küsten geschwemmt. So rächt sich das Meer für das, was wir ihm angetan haben.«

Freddies Worte waren Christopher nicht neu, doch irgend etwas in Freddies erschöpftem Gesicht und seinen rotgeränderten Augen schien ihn um etwas zu bitten, das er noch nicht gegeben hatte. Er beobachtete Freddie von der Seite. Wieso hatte er bei diesem Mann immerzu das Gefühl, daß er sich nicht genug engagierte, daß es noch mehr gab, was Freddie erwartete?

Freddie betrat das Wärterhäuschen zuerst, denn die Türöffnung war nur schmal. Christopher war froh darüber, daß er draußen warten konnte. Als Freddie und Mara gemeinsam heraustraten, fühlte er, wie seine Handflächen feucht wurden.

»Schön, dich endlich kennenzulernen, Christopher Ryan«, sagte Mara, nachdem Freddie sie einander vorgestellt hatte. Sie ließ sich nicht anmerken, ob sie ihn wiedererkannte, und begrüßte ihn mit einem kräftigen Händedruck.

Christopher hielt ihre Hand ein bißchen länger fest als nötig. Er konnte den Blick nicht von ihr lösen. Aus der Nähe sah sie noch hübscher aus, und am schönsten waren ihre großen, runden Augen. Ihr kräftiges, langes Haar reichte ihr bis auf die Schultern und roch nach Pfirsichchampoo.

»Mara sagte, es gäbe ein Boot, daß wir benutzen könnten. Es liegt in der Nähe des Hafendamms.« Freddie war schon auf dem Weg, blieb aber noch einmal stehen.

»Ich schalte bei jedem Lastkahn, den ich vorbeifahren sehe, einen Scheinwerfer ein«, schlug Mara vor. »Dann halten wir Ausschau nach dem L. Aber es kann natürlich sein, daß unser Kahn ausgerechnet heute abend nicht durchfährt.«

»Dann kommen wir so lange wieder, bis es passiert«, entgegnete Freddie beharrlich.

»Bis dann«, verabschiedete sich Mara lächelnd von Christopher. »Ich muß wieder ins Haus.«

Christopher sah ihr nach. Er fühlte wieder diese innere Ruhe, als hätte er soeben mit einem alten Freund gesprochen und nicht mit jemandem, mit dem er gerade ein paar Briefe gewechselt hatte. Er war schon immer ein Einzelgänger gewesen, der — von Troy vielleicht abgesehen — keinen guten Freund gehabt hatte. Durch Mara erkannte er, was er versäumt hatte.

Sie fuhren ein Stück mit dem Boot hinaus und machten am Hafendamm fest. Das Meer war rauh, und es war kalt unter dem sternenklaren Himmel. Bis auf das unablässige Rauschen der Wellen war nichts zu hören.

Ein paar Boote fuhren in die Bucht ein, einige hinaus, doch es waren keine Müllschiffe darunter. Langsam aber sicher kroch Christopher und Freddie die Kälte in alle Glieder.

»In Zukunft können wir abwechselnd Wache halten«, schlug Freddie vor.

»Ja.« Christopher fröstelte. Er schlug den Kragen seiner Jacke hoch, verschränkte die Arme vor der Brust und fragte sich, ob er schon genauso verrückt war wie Freddie. Warum sonst sollte er im Dunkeln in einem kleinen Ruderboot und mit einem Fotoapparat um den Hals auf ein Piratenschiff warten, an dessen Existenz bis auf Freddie niemand glaubte?

»Tut mir leid für euch«, sagte Mara später, nachdem sie ihren Posten aufgegeben hatten.

»Es ist nicht ein einziges Müllschiff vorbeigefahren«, meinte Freddie. »Ist das normal?«

»Sie kommen zu unterschiedlichen Zeiten«, erklärte Mara. »Man weiß nie, wann sie kommen, weil die Fahrpläne ständig geändert werden.« Und an Christopher gewandt, fügte sie hinzu: »Du darfst nicht aufgeben. Komm wieder!«

Freddie hatte nicht die Absicht aufzugeben, und Christopher auch nicht mehr. Allerdings ging es ihm um etwas anderes als das Piratenschiff. Mit jedem Abend, den er Mara hinter dem Fenster des Häuschens sah, war er entschlossener, sie in sein Leben einzuschließen. Daß sie bereits einen Freund hatte, spielte keine Rolle. Immer, wenn Christopher sie sah, stand für ihn von neuem fest, daß sie zu ihm gehörte. Während Freddie abends im Boot weiter von den Gefahren sprach, die am Strand auf ahnungslose Spaziergänger warteten, beobachtete Christopher das Fenster über ihm und wartete auf ein Winken von Mara.

So ging es Abend für Abend. Christopher beobachtete Mara, wie sie sich mit Joe unterhielt, ein Telefonat führte oder sich über das Steuerpult beugte. Manchmal stand sie am Fenster und schaute auf die Stelle im Meer, wo sie mit ihrem

Boot lagen, so als ob sie über sie wachte. Ihr Bild vor dem hellen Hintergrund wurde ihm so vertraut, daß sie ihm wie ein alter Freund vorkam.

Mit der Zeit verlor jedoch sogar Freddie die Zuversicht. »Um wirklich eine Chance zu haben und das Schiff auf frischer Tat zu ertappen, müssen wir wahrscheinlich rund um die Uhr Wache halten«, meinte er in der dritten Nacht.

Am Ende der Woche versahen sie ihre Aufgabe nur noch schweigend. Es war kalt, und das Meer wirkte beinahe feindselig, so als ob es nicht gestört werden wollte. Die Jagd auf das Piratenschiff war ein sinnloses Unterfangen geworden. Außerdem wurde sie für Christopher zu einer zweiten Vollzeitbeschäftigung. Er mußte pünktlich an der Brücke sein und mit Freddie im Boot bleiben, bis dieser die Suche abzubrechen bereit war. Und die Gedanken an Mara verfolgten ihn bis nach Hause, wo er sie sich vorstellte und nicht einschlafen konnte.

Zu guter Letzt mußte selbst Freddie einsehen, daß es keinen Sinn mehr hatte, weiterzumachen.

»Allein können wir es nicht schaffen«, sagte er nach einer weiteren schlaflosen Nacht zu Mara. »Du kannst unmöglich die ganze Zeit dort oben stehen und nach dem Schiff Ausschau halten. Dir eine solche Verantwortung aufzubürden, ist nicht fair!« meinte er.

»Nein, nein, das ist kein Problem«, widersprach Mara. »Ich hatte eine Freundin, die das Meer über alles geliebt hat.« Dabei schaute sie Christopher an, so als würde er sie verstehen. »Sie kann selber nichts unternehmen, aber ich glaube, daß sie stolz auf mich wäre, wenn sie wüßte, daß ich Ihnen helfe. Ich passe weiter auf. Wir finden es bestimmt, das verspreche ich.«

Freddie nahm sie zum Abschied in den Arm. Dann reichte sie Christopher die Hand. »Bis bald.«

Christopher hätte sie auch gern umarmt, aber statt dessen sah er ihr nach, wie sie zurück ins Wärterhäuschen ging.

»Als dieser Harry dieses Mädchen für dich ausgesucht hat, wußte er genau, was er tat«, meinte Freddie.

Christopher mußte sich eingestehen, daß sein Freund recht hatte. Er hatte Harry zu Unrecht getadelt. Wenn eines Tages alles vorüber war, würde er sich bei ihm entschuldigen.

11 Christopher hatte Troy schon seit Wochen nicht mehr gesehen. Es gab am Kiosk viel Arbeit, und wenn er einmal nicht dort war, verbrachte er seine Zeit auf der Jagd nach einem Geisterschiff, das ihn und Freddie an der Nase herumführte.

Jetzt saß er am Strand und stellte mit Erleichterung fest, daß immer mehr Leute kamen. Obwohl es bis zum offiziellen Saisonbeginn noch zwei Wochen dauerte, wollte die halbe Stadt die Staffel der Rettungsschwimmer sehen.

Der Bürgermeister hatte alle Hebel in Bewegung gesetzt, damit das Schwimmen ein großes Ereignis wurde. Es fand zu Ehren eines Rettungsschwimmers statt, der im vergangenen Sommer bei einem Einsatz verunglückt und seitdem behindert war. Er befand sich im Moment in einem Rehabilitationszentrum, und mit dem Staffelschwimmen sollte dafür Geld aufgebracht werden. Troy und die anderen Rettungsschwimmer wollten versuchen, zwischen den beiden Hafendämmen, die etwa eine Meile auseinander lagen, so viele Bahnen zu schwimmen wie möglich. Die Einwohner der Stadt hatten sich dazu verpflichtet, jedem Teilnehmer pro Bahn einen bestimmten Geldbetrag zu zahlen.

Doch es gab mehr zu sehen als nur das Schwimmen. Chris setzte sich ans Wasser und schaute bei einem Sandburgenwettbewerb zu, der gleichzeitig stattfand. Die Ängste und Befürchtungen des vergangenen Sommers, die Verschmutzung und die Strandwachen waren offenbar vergessen. Anscheinend war jeder versessen darauf, wie früher mit den Händen im Sand zu graben, statt ihn nach Abfällen zu durchsuchen.

Christopher legte sich auf den Rücken und ließ sich von der Sonne braten. Es war, als ob ein Alptraum endlich vorüber sei. Freddie hatte das Piratenschiff nicht finden können und aufgegeben. Der Wiederaufbau seines Restaurants war beinahe vollendet. Der Bakteriengehalt des Wassers war überall an der Küste niedrig, und medizinische Abfälle hatte man schon seit Wochen kaum mehr gefunden. In der Stadt wurden die Häuser und Geschäfte für die Saison herausgeputzt. Man bereitete sich auf den heißen Sommer vor, der von den Meterologen vorhergesagt worden war. Überall auf der Hauptstraße standen Schilder und hingen Plakate mit verlockenden Angeboten.

Während Troy mit den anderen auf seinen Einsatz wartete, drehte er sich um und winkte Christopher zu. Auch Reporter der Lokalzeitung, die über das Ereignis berichten sollten, waren anwesend. In ihrer Zeitung erschien jeden Tag ein Artikel über die ›Wiedergeburt‹ von Ocean View, Star-Brite und den anderen Erholungsorten an der Küste. Nach zwei Monaten ohne Salmonellenalarm glaubten viele, daß es so weitergehen und das Meer wieder wie früher sein würde, so daß man keine Angst mehr zu haben brauchte. Zwar sollten die Reporter über das Schwimmen berichten, doch einige knieten sich und ließen die Finger wie einen Rechen durch den Sand gleiten, so als suchten sie etwas. Christopher war überzeugt, daß sie nichts weiter als Muschelschalen und Seesterne und bunte Steine finden würden, die die Flut angeschwemmt hatte.

Wenn es so bleibt, dachte Christopher, wenn die Schaumkronen auf dem Wasser weiß bleiben und der Gestank fort ist, kommt Mrs. Hunter vielleicht zurück. Vielleicht kommen die Sommerurlauber in Scharen, um unseren Bungalow und die Wohnung im ersten Stock zu mieten, und dann kann ich aus dem engen Zimmer mit den Etagenbetten ausziehen und wieder in einer Wohnung leben, in der ich nicht an jeder Ecke anstoße.

Die Sandburgen um Christopher herum wuchsen in die Höhe. Einige gerieten mit ihren Treppenaufgängen, Brücken und Türmen zu kleinen Kunstwerken. Während der Wettbewerb am Strand immer spannender wurde, sorgte Billy, der Leiter der Rettungsschwimmerstaffel, mit seiner Trillerpfeife dafür, daß das Wettschwimmen begann. Schließlich war auch Troy an der Reihe. Mit kräftigen Zügen schwamm er los und erreichte schon bald den Hafendamm, wo er in die entgegengesetzte Richtung wendete. Die Zuschauer feuerten ihn an, und Christopher tat es ihnen gleich. »Ich werde versuchen, so viel Geld wie möglich für Doug zusammenzuschwimmen«, hatte Troy zu ihm gesagt, als sie sich darüber unterhalten hatten, wieviel Geld die Therapie im Rehabilitationszentrum kostete. »Ich werde mir die Lunge aus dem Hals schwimmen.«

Ohne Schwierigkeiten legte Troy die Strecke zwischen den beiden Dämmen zurück. So leicht und geschmeidig glitt er durchs Wasser, daß Christopher sich auf ein langes Warten einstellte. Er wußte, daß Troy mindestens zehnmal hin und zurück schwimmen konnte, ohne müde zu werden. Doch kurze Zeit später sah er, daß sein Freund in Richtung Land schwamm.

Christopher lief los und war bereits am Wasser, als Troy herausstieg. Er atmete schwer, war bleich im Gesicht und kniff die Augen zusammen, damit das Salzwasser, das ihm über die Stirn lief, nicht eindringen konnte.

»Was ist passiert?« fragte Christopher besorgt. »Hast du einen Krampf?«

Troy antwortete nicht. Er schüttelte nur stumm den Kopf, drehte sich um und starrte aufs Meer hinaus. Kurz darauf war er von Zuschauern umringt, und auch Billy eilte herbei.

»Da drin schwimme ich nicht«, protestierte Troy schließlich atemlos, während Christopher ihm ein Handtuch reichte. »Das ist ja wie eine Kloake da draußen.«

»Was war denn?« wollte Christopher wissen.

Troy sah ihn an. »Wenn ich es dir sage, würdest du es nicht glauben«, murmelte er. Er trocknete sich sehr lange die Haare und rieb sich so heftig mit dem Handtuch ab, als wolle er sich von irgend etwas säubern.

»Gut, Junge, das reicht«, sagte Billy. »Du hast dein möglichstes getan. Doug weiß es bestimmt zu schätzen, daß du alles versucht hast.« Mit einem Pfiff schickte er den nächsten Schwimmer ins Wasser. »Vergiß den Dreck einfach, klar?« fuhr er mit gedämpfter Stimme fort, als der Kreis um sie enger wurde. Die Reporter lenkten ihre Aufmerksamkeit von den Schwimmern auf die Menschenansammlung um Troy.

»Was soll das heißen, ich soll es vergessen«? ging Troy seinen Chef an. »Ich hatte Angst, den Mund aufzumachen. In dem Wasser kann jetzt niemand schwimmen.« Er sprach jetzt lauter, und Billy wurde zusehend ärgerlicher.

»Hör zu, Junge. Du ärgerst dich über dich selbst . . . Deshalb brauchst du aber noch lange keinen solchen Wirbel zu veranstalten, verstanden? Wie wär's, wenn ihr jetzt geht, du und dein Freund? Du hast deine Aufgabe erfüllt. Geh nach Hause und ruh dich aus.«

»Billy, du hast nicht gesehen, was ich gesehen habe. Das da draußen ist der reinste Abwasserkanal.«

»Du weißt doch, daß das Meer um diese Jahreszeit voller Seetang und anderem Zeug ist. Es reinigt sich von selbst. Morgen ist es schon wieder so sauber wie Quellwasser.«

»Das war kein Seetang, den ich gesehen habe. Es stinkt, und zwar widerlich! Riechst du es denn nicht?«

Einige der Reporter kamen auf sie zu, und Billys Tonfall wurde drängender.

»Hör zu, Troy, kein Wort mehr, verstanden? Kein Wort davon, was du da draußen gesehen haben willst.«

»Aber die Leute hier, die Kinder, sie sollten heute wirklich nicht ins Wasser gehen!«

»Es werden jede Woche Wasserproben entnommen.«

»Dann sollte man sie vielleicht besser jeden Tag entnehmen«, gab Troy hartnäckig zurück.

Billy senkte die Stimme, doch Christopher konnte gerade noch mithören, wie er sagte: »Wenn dir deine Stelle lieb ist, Junge, dann halt den Mund.«

Inzwischen hatten die ersten Reporter den Menschenauflauf erreicht. Einer von ihnen fragte Troy: »Was ist passiert? Hast du einen Krampf bekommen?«

Billy drängte sich vor. »Er ist nur ein bißchen müde geworden. Die See ist ziemlich rauh.«

Troy gab Christopher das Handtuch zurück. Dann rieb er sich, ohne die Reporter anzublicken, etwas Sand vom Körper. Einer der Journalisten ließ nicht locker. »Müde siehst du nicht gerade aus. Ist da draußen irgendwas passiert?«

Wieder mischte sich Billy ein. Er schob Troy sanft, aber energisch auf die Promenade zu. »Du gehst besser nach Hause und legst dich eine Weile hin. Okay, Leute, laßt den Jungen in Ruhe. Das Schwimmen ist freiwillig, und er kann aufhören, wann er will.«

Christopher wußte, daß Billy mit seiner Andeutung, Troy habe wegen Erschöpfung aufgegeben, einen großen Fehler begangen hatte. Mit grimmiger Miene wandte sich Troy an einen der Reporter. »Da draußen schwimmen Abfälle im Meer«, sagte er. »Doug würde nie von mir erwarten, daß ich darin schwimme. Von mir nicht und von keinem anderen.«

Die Reporter kamen näher und bildeten einen engen Ring um Troy.

»Was für Abfälle?« wollte einer von ihnen wissen.

»Fäkalien«, antwortete Troy bestimmt. »Wahrscheinlich werden sie heute abend mit der Flut an Land gespült.« Er zögerte. Offenbar hatte er noch mehr zu berichten.

»Was hast du noch gesehen?« fragte ein anderer Reporter, der sich zwischen Christopher und Troy gestellt und Troy eine Hand auf die Schulter gelegt hatte.

Billys Miene verfinsterte sich.

»Eine Ratte . . . eine tote Ratte.«

»Igittigitt«, rief jemand unter den Zuschauern.

Troy senkte den Blick auf seine Hände, die sich zur Faust ballten. »Sie schwamm direkt vor meinem Gesicht auf den Wellen.«

»Ihr trainiert doch hier in diesem Küstenabschnitt«, warf ein anderer Reporter ein, der alles mitschrieb. »Wie wirst du dich in dieser Hinsicht verhalten, Troy?«

»Ich werde hier nicht mehr schwimmen.«

»Was ist mit Ihnen, Billy? Gehen Sie hier ins Wasser? Werden Sie Ihre Rettungsschwimmer hier ins Meer schicken?«

»Was meine Person betrifft, kann ich nur feststellen, daß nach Angaben der Gesundheitsbehörden keine Gefahr besteht, und solange sie bei dieser Auffassung bleiben, werden wir hier auch schwimmen.«

»Aber was passiert, wenn Troy sich weigert?« hakte der Reporter nach.

»Dann wird er gefeuert«, antwortete Billy. »Er trägt Verantwortung für die Sicherheit der Feriengäste dieser Stadt. Dazu muß er eine Prüfung ablegen, für die er in diesem Abschnitt schwimmen muß, denn die See ist hier rauh. Nur dann können wir sehen, ob er noch so gut ist wie im vergangenen Jahr. Aus diesem Grund werden Sie an der ganzen Küste keine besseren Rettungsschwimmer finden als unsere. Er ist verpflichtet, hier zu üben, und wenn er das nicht tut, darf er nicht arbeiten.«

Chris beobachtete die Reporter, die seinen Freund umstanden, und sich jedes seiner Worte notierten, als wäre er ein wichtiger Politiker. Einesteils bewunderte Christopher ihn dafür, wie er sich Billy gegenüber behauptet hatte, aber andererseits nahm er ihm seine Worte übel. Troy würde mit seinen Äußerungen eine Lawine lostreten, von der auch er selbst und seine Eltern nicht verschont bleiben würden. Wenn die vielen Mrs. Hunters von der Weigerung eines Rettungsschwimmers hörten, hier ins Wasser zu gehen, würde bestimmt kein Tourist zurückkommen. Dann müßte er so lange in dem Raum mit den Etagenbetten zubringen, wie das Meer brauchte, um sich zu erholen, und das ging offenbar nicht allzu schnell.

An jenem Abend herrschte am Eßtisch der Ryans gedrücktes Schweigen. Im Radio war gemeldet worden, daß Troy Dixon, ein städtischer Rettungsschwimmer, ein Staffelrennen wegen der

Meeresverschmutzung nicht beendet habe. Auch auf die tote Ratte wurde hingewiesen. Die Stadtverwaltung, so hieß es, vertrete die Meinung, daß die Verunreinigungen aus der defekten Kläranlage einer Nachbarstadt stammten, die man deswegen verklagen wolle. Der Bürgermeister versicherte in einer Stellungnahme, daß die Verunreinigungen beseitigt würden und die Saison mit sauberem Strand und sauberem Meer wie vorgesehen eröffnet werden könne.

Niemand nahm ihm das ab, auch nicht Christopher und seine Eltern, die ohne jeden Appetit vor ihrem Abendessen saßen. »Und ich dachte, es wäre vorbei«, sagte seine Mutter.

»Es wird nie vorbei sein«, meinte Christophers Vater. Er stocherte mit leerem Blick in seinem Essen herum.

»Ich frage mich, warum dieser Junge überhaupt etwas sagen mußte.« Christophers Mutter schüttelte ungläubig den Kopf. »Es kann doch sein, daß er sich geirrt hat. Es gibt schließlich keinen Beweis. Immerhin war er der einzige, der etwas gesehen haben will.«

»Man braucht keine Beweise«, wandte ihr Mann ein. »Man braucht nur allen angst zu machen, dann ist die Saison schon erledigt.« Er schaute Christopher an. »Frag Johnny, ob er deine Stundenzahl erhöhen kann«, sagte er. »Wir werden das Geld brauchen, denn ich glaube nicht, daß wir den Bungalow dieses Jahr vermieten können . . . nicht bei dieser Art von Werbung. Wir werden den Gürtel wohl eine Weile enger schnallen müssen.«

Troy wurde so etwas wie eine kleine Berühmtheit. Er wurde im Radio zitiert, und in der Zeitung erschienen mindestens zwei Interviews mit ihm auf der ersten Seite. Auf dem dazugehörigen Foto sah man ihn mit Christopher zusammen. Es war nicht wenig, was Troy zu berichten hatte. *Rettungsschwimmer wagt es, die Wahrheit zu sagen*, lautete die Bildunterschrift. Auf einem anderen Foto hielt Troy eine Plastiktüte in der Hand. Anscheinend wurde er von der Presse ziemlich viel in Anspruch genommen, und deshalb war Christopher überrascht, als er einen Anruf von ihm erhielt.

»Ich muß mit dir reden, Chris. Treffen wir uns in der ›Arkade‹?«

Dort trafen sie sich immer, wenn sie ungestört miteinander reden wollten. Dort hatte Christopher Troy von Mara erzählt, und Troy ihm von Betty, seiner Freundin. Doch als sie sich diesmal trafen und nebeneinander vor dem Spielautomaten standen, an dem man die größten Gewinnchancen hatte, wurde Christopher nach einem Blick in Troys Gesicht klar, daß er sich nach dieser Unterhaltung nicht wohl fühlen würde.

»Ich bin sowas wie ein Ausgestoßener«, begann Troy.

»Ausgestoßen? Ich verstehe nicht, was du meinst.«

»Du mußt dir das so vorstellen . . . du sagst etwas, was anderen in dem Ort nicht paßt, und dann sprechen sie nicht mehr mit dir. Man wird gemieden. Die anderen Rettungsschwimmer — alle — haben mir vorgeworfen, ich würde ihre

Arbeitsplätze gefährden. Wenn keine Badegäste mehr kommen, gibt es für sie nichts mehr zu tun. Als ich in ›Fred's Souvenirladen‹ war, wollte er nicht mal mit mir sprechen. Ich kenne ihn schon mein ganzes Leben lang, und jetzt dreht er mir den Rücken zu, als sei ich gar nicht da. Es ist nicht so, daß man mir Gemeinheiten an den Kopf wirft. Die Leute reden einfach nicht mehr mit mir.«

Christopher hatte ein ungutes Gefühl. Er wußte nicht, was er sagen sollte. Wenn er ehrlich war, fand er Troys Verhalten auch nicht gerade gut. Er schwieg und warf eine weitere Münze in das Spielgerät.

»Sogar im Ostteil der Stadt«, fuhr Troy fort. »Wenigstens spricht man da mit mir, aber ein paar Leute sind doch verrückt . . . sie sagen, sie hätten den ganzen Winter über keine Arbeit gefunden und seien auf eine gute Sommersaison angewiesen. Man könnte ja glauben, es sei meine Schuld. Ich habe nur die Wahrheit gesagt, aber niemand will sie hören. Ich habe meinen Job verloren, und keiner in der Stadt will mich wieder einstellen. Meine Eltern sagen den Reportern ständig, daß ich nicht zu Hause sei, auch wenn ich es bin. Mein eigener Vater wirft mir vor, ich hätte ein zu großes Mundwerk.«

Am Spielgerät leuchtete eine rote Taste auf. Christopher drückte sie, und die rotierenden Scheiben blieben stehen. Eine Melodie ertönte, und das Gerät spuckte den Gewinn aus, den Christopher nahm und in die Tasche steckte.

»Was meinst du, Christopher?« fragte Troy. »Findest du, daß ich unrecht hatte?«

Christopher warf noch eine Münze ein. Er hatte einen trockenen Mund wie in der Schule, wenn er ein Referat halten mußte. Wenn Troy ihn doch bloß nicht gefragt hätte! Am liebsten wäre er jetzt zu Hause gewesen, selbst wenn Mr. Jarris über ihm seine Runden gedreht hätte . . . Vielleicht auch anderswo, aber nicht hier, wo Troy an dem Spielautomaten lehnte und auf eine Antwort wartete. Für Christopher war der Kampf um das Meer bisher immer nur Freddies Kampf gewesen, doch jetzt sah es so aus, als sei auch sein Freund Troy daran beteiligt. Christopher dachte daran, daß er auf ewig in dem kleinen Zimmer würde hausen müssen, wenn alles beim alten blieb.

Von seinem Standort aus konnte er an der Treppe, die zum Strand hinunterführte, ein Schild sehen, auf dem stand: *Betreten auf eigene Gefahr*. Die roten, vom Licht einer nahen Laterne angestrahlten Buchstaben erinnerten jeden Passanten daran, daß im Sand anstelle von Muscheln auch Injektionsnadeln liegen konnten. Christopher sah ein, daß er die Augen nicht mehr länger vor den Tatsachen verschließen konnte.

»Nein, du hattest nicht unrecht«, antwortete er seinem Freund. »Ich würde dich gern mit Freddie, meinem ehemaligen Chef bekanntmachen. Ich glaube, ihr zwei könntet euch gegenseitig helfen. Was du getan hast, gefällt ihm bestimmt und er hat viele Leute um sich, die so denken wie er.«

Nachdem Christopher einen weiteren Gewinn eingesteckt hatte, verließen sie die ›Arkade‹. Christopher betrachtete die Auslagen der

Geschäfte. Eigentlich hatte er beschlossen, seine Gewinne für etwas Großes wie ein Fernsehgerät oder ein Computerspiel zu verwenden. An diesem Abend jedoch blieb sein Blick an einer großen ausgestopften Giraffe hängen, und er fragte sich, wie sie wohl in Maras Armen aussähe. Er beschloß, mit dem bisher gewonnenen Geld wiederzukommen und es festzustellen.

12 Es war schon seltsam. Wie schnell passierte es, daß man den kleinen Dingen im Leben keinerlei Beachtung mehr schenkte, und wie wichtig wurden sie, wenn man schließlich wieder von ihnen Notiz nahm! Wie etwa, wenn man frisch gebackene Schokoladenplätzchen nicht abkühlen ließ, sondern sie direkt vom Backblech aß. Mara leckte sich genüßlich die Finger ab und goß sich ein Glas Milch ein. Nicht mehr lange, und das letzte Blech mit Plätzchen würde fertig sein. Es sollte noch genügend für ihren Vater übrig sein, der sie genauso gern aß wie sie.

An diesem Morgen war es seit dem Unfall das erste Mal, daß sie gebacken hatte. Als sie fertig war, lief sie in ihr Zimmer und stellte es auf den Kopf wie immer, wenn es Frühling wurde. Dann sah sie ihre Sachen durch und bildete auf dem Fußboden zwei Stapel; den einen konnte sie fortgeben, und den anderen, der aus dicken Pullovern und langen Röcken bestand, verpackte sie, mit Mottenpulver versehen in Kartons, die sie auf dem Dachboden verstaute. Dann wechselte sie die Bettwäsche. Sie nahm die pinkfarbenen Vorhänge aus dem Karton in ihrem Kleiderschrank und bügelte sie. Nach dem Aufhängen öffnete sie die Fenster, um den angenehmen Duft von frisch gemähtem Gras hereinzulassen, und schaute hinaus.

Nebenan tat sich etwas. Mr. Grant mähte wieder den Rasen. Das machte er im Frühjahr normalerweise immer, aber seit Jennifers Tod hatte er nichts mehr selbst erledigt und Arbeiten wie

Rasenmähen und Schneeschieben einer Hilfskraft übertragen. Heute nun, bei der ersten Gelegenheit, die sich bot, mähte er den Rasen wieder selbst. In der Woche zuvor war Mara aufgefallen, daß Mrs. Grant in ihrem Garten, wo sie Tomaten, Gurken und Salat anpflanzte, Unkraut gezupft hatte. Auch im Haus selbst regte sich etwas. Die Jalousien waren hochgezogen, und zwar alle, und das am frühen Morgen. Und als Mara einige Tage später die Zeitung ins Haus holte, sagte Mr. Grant, der in seinem Schaukelstuhl auf der Veranda saß: »Guten Morgen, Mara.«

Mehr nicht. Nur ›Guten Morgen‹. Doch Mara war so überrascht, daß sie nur stotterte: »J-ja, Mr. Grant.« Es war so schön, ihn wieder sprechen zu hören. Mara hätte ihn am liebsten zärtlich umarmt, wie früher als kleines Mädchen, doch das würde nie wieder möglich sein. Trotzdem hatte er ihr mit seinem Gruß etwas zurückgegeben, das sie für immer verloren geglaubt hatte . . . die Hoffnung, daß sie alle lernen könnten, ohne Jennifer zu leben.

Auch im Haus ihrer Eltern veränderte sich etwas: Ihr Vater hatte wieder mit dem Sport begonnen, joggte die Promenade entlang und machte am Geländer seine Kniebeugen. Er sagte immer, daß ihm die besten Einfälle beim Laufen kämen. Und eines Tages sah Mara ihn sein Fahrrad putzen, das er am Tag nach dem Unfall in die Garage gestellt und nicht mehr benutzt hatte.

Die Zeit raste nur so, und jetzt im Frühling schien überall lebhafte Geschäftigkeit zu herrschen, sogar an der Brücke. Mehr Boote fuhren aufs offene Meer, seit die Angelsaison begonnen hatte, und noch immer dachte Mara oft an Christopher und an das Piratenschiff.

»Das ist so, wie wenn man eine Nadel im Heuhaufen sucht«, meinte Joe. »Das ist alles Politik, Mara. Nimm zum Beispiel die Strände hier. Eigentlich gehören sie geschlossen, aber das wollen weder die Geschäftsleute noch der Stadtrat. Also drehen sie ihr Fähnchen nach dem Wind und lassen jeden Tag Wasserproben entnehmen. Aber das Wasser ist halt verschmutzt und wird auch nicht von allein wieder sauber. Nur wenn die Menschen die Wahrheit erfahren, läßt sich hier in der Stadt kein Geld mehr verdienen.«

Freddie versuchte immer noch, den Leuten die Wahrheit zu sagen. Und Mara glaubte ihm. Sie war entschlossen, Joe zu überreden, auch die anderen Helfer im Brückenhäuschen anzusprechen, damit sie nach dem Piratenschiff suchten. Wenn er nicht einverstanden war, würde sie es selbst tun.

Aber alle ernsten Gedanken waren vergessen, als sie an diesem Nachmittag zur Brücke kam und die riesige grüne Stoffgiraffe mit den schwarzen Flecken entdeckte, die in der Ecke des Häuschens stand.

»Du hast Besuch«, meinte Joe lächelnd. »Sie hat auf dich gewartet.«

Mara nahm die Giraffe in den Arm und entdeckte den Brief, der mit einem grünen Band daran festgebunden war.

Mara setzte sich mit der Giraffe auf dem Arm in eine Ecke und begann, den Brief zu lesen.

Liebe Mara,

diese Giraffe ist die klügste, die ich je getroffen habe und du kannst mir glauben, daß ich wirklich viele Giraffen kennengelernt habe. Jedenfalls hat sie mir den guten Rat gegeben, sie an Dich weiterzugeben. Außerdem hat sie mir erklärt, daß wir alle es selbst in der Hand haben, was mit uns passiert. Wir können nur entweder guter oder schlechter Laune sein, immer eins zur Zeit – Und wenn's uns schlecht geht, kann eine Pizza wahre Wunder wirken. Wenn die Pizzalaune kommt, ist der Frust wie weggeblasen. Wenn Du mal down bist, brauchst Du nur die Giraffe anzuschauen, und schon geht's Dir besser. Was hältst du von einer Pizza auf der Pier am Donnerstag den siebzehnten Mai, um sechs Uhr abends? Ich warte auf der Seite von Star-Brite auf Dich.

P.S.: Ich habe die Giraffe ›Harry‹ genannt, weil ich fand, daß wir es Harry schuldig sind.

Viele Grüße
Christopher

Mara bewahrte seinen Brief während des Frühdienstes in der Hosentasche auf. Immer wenn ihr Blick auf die Giraffe fiel, dachte sie an seine Worte und fühlte seine Zuneigung.

Aufmerksam beobachtete sie die ein- und ausfahrenden Boote, um vielleicht Freddies Piratenschiff zu entdecken.

»Tante Bessie hat gerade angerufen«, sagte Joe mit sorgenvoller Miene. »Ein Zahn ist ihr abgebrochen, und jemand muß sie zum Arzt bringen. Ich bin ungefähr fünfzehn Minuten weg«, fuhr er fort. »Wenn du etwas brauchst, ruf Pete auf der anderen Seite an.«

»Wird schon schiefgehen.« Mara wußte, daß Joe sie nicht gern allein an der Brücke ließ.

Sie hatte es sich kaum auf dem Stuhl gemütlich gemacht, als sie es auch schon sah. Es war das erste Schiff, das aufs offene Meer hinaus wollte. Zwei weitere Kähne folgten.

»Wir warten auf die Durchfahrt«, meldete sich der Kapitän. »Könnten Sie uns durchlassen, bitte?«

Mara nahm Joes Fernglas und schaute aus dem Fenster. Auf dem Schiffsrumpf prangte in roter Farbe und unverkennbar das große ›L‹. Mara war sich im klaren darüber, daß sie etwas unternehmen mußte, damit Freddie den Beweis erhielt, den er brauchte. Ein Foto von dem Lastkahn zu machen, war nicht genug. Es mußte zu einer Durchsuchung kommen, damit die medizinischen Abfälle auch gefunden wurden. Mara lief hinaus, schloß die Schranken und schaltete die Verkehrsampel auf Rot. Die Autos hielten an.

Als nächstes hätte Mara den Schiffen die Brücke öffnen müssen. Ihre Hand lag auf dem Schalter, doch sie betätigte ihn nicht. Die Brücke blieb geschlossen, und die Autos warteten an der roten Ampel. Der Stau reichte inzwischen zwei Häuserblocks weit. Die mittlerweile drei Schiffe warteten auf die Ausfahrt.

»Was ist denn los da oben? Wir warten. Lassen Sie die Brücke hoch.« Die Stimme klang ungeduldig.

Mara schluckte schwer. »Das versuche ich ja«,

entgegnete sie. »Aber ich kann nicht. Sie ist blok-
kiert. Haben Sie bitte etwas Geduld.«

Sie schaute aus dem Fenster und erblickte die
Fischerboote mit den zahlenden Gästen, die für
einen halben Tag hinausfuhren.

»Ich muß jemanden anrufen«, murmelte sie
und griff mit schweißnassen Händen zum Telefon. Das Herz schlug ihr bis zum Hals.

Petes Stimme erklang über das Funkgerät.
»Was ist denn los bei dir, Mara? Hast du Schwierigkeiten?«

»Alles in Ordnung«, gab sie zurück. »Die
Brücke ist gleich offen.«

Sie wählte die Nummer, die Freddie ihr dage-
lassen hatte. Als sie seine Stimme hörte, spürte
sie zum ersten Mal seit Monaten wieder richtige
Freude in sich aufsteigen.

»Hallo, Freddie, hier ist Mara. Beeilen Sie sich!
Ich habe das Schiff, aber ich weiß nicht, wie lange
ich es festhalten kann.«

»Nicht durchlassen!« rief Freddie. »Ich bin in
zehn Minuten da.«

Nicht durchlassen . . . Freddies Anweisung
klang so einfach, aber es ging hier schließlich
nicht um ein Plastikboot in der Badewanne, sondern um einen großen Lastkahn, der mit mehreren hundert Tonnen Abfall an Bord aufs Meer
geschleppt werden sollte. Zurück konnte er nicht,
weil sich hinter ihm bereits eine lange Reihe aus
Fischerbooten gebildet hatte, die ebenfalls die
Bucht verlassen wollten. Vorwärts konnte der
Kahn aber auch nicht, denn die Brücke blieb
geschlossen.

Für Mara tauchte inzwischen das nächste Problem auf: Die Autofahrer hatten die Geduld verloren und drückten unablässig auf die Hupe. Einige waren sogar ausgestiegen und kamen auf das Wärterhäuschen zu.

»Ich glaube, Hannah muß überholt werden«, sagte Mara zu Pete bei seinem nächsten Anruf. »Sie ist blockiert.« Mara war inzwischen zu dem Schluß gekommen, daß es für eine Schadensbegrenzung zu spät war. Wenn sie Freddie helfen wollte, mußte sie standhaft bleiben.

»Tut mir leid, aber ich kann nicht rüberkommen«, erwiderte Pete. »Ich muß hier jemandem Erste Hilfe geben und auf den Arzt warten. Meinst du, daß du damit zurechtkommst?«

»Ich glaube schon«, log Mara. »Aber es wird etwas dauern.«

»Den Leuten auf den Fischerbooten wird das nicht gefallen«, meinte Pete. »Wo ist denn Joe?«

»Bessie brauchte seine Hilfe. Es war ein Notfall. Er müßte aber gleich zurück sein.«

Inzwischen waren es fünf Boote, die hinter dem Lastkahn warteten.

»Los, doch, Freddie«, preßte Mara hervor. »Jetzt komm endlich!«

Noch ein Boot reihte sich in die Schlange ein. Kurz darauf zählte Mara schon sieben, und schließlich waren es zehn, die nicht mehr von der Stelle kamen.

»Soll ich die Küstenwache anrufen?« fragte Pete.

»Nein«, lehnte Mara seinen Vorschlag ab. »Es geht schon. Ich glaube, ich hab's gleich. Nur noch fünf Minuten. Eine von den Kurbeln dreht sich zu langsam. Du kennst Hannah und Frankenstein ja . . . von Zeit zu Zeit legen sie eine schöpferische Pause ein.«

Diesmal blieb Petes gutmütiges Lachen aus. Mara wußte, daß sie jetzt allein auf weiter Flur stand. Sie handelte so, wie Jennifer es getan hätte. Bestimmt wäre die Freundin stolz auf sie gewesen. Mara vermißte sie, und doch spürte sie ihre Anwesenheit, so als ob sie neben ihr stünde und sie anfeuerte. Das letzte Mal hatte sie auf Jennifer gehört und es hatte sich als Fehler herausgestellt. Diesmal würde es anders sein.

»Ich sage dir, Jennifer«, gestand sie laut, als säße ihre Freundin neben ihr, »ich sitze ganz schön in der Klemme.« Es tat ihr nicht mehr weh wie noch Monate zuvor, wenn sie Jennifers Namen aussprach oder sich an ihr Gesicht erinnerte. Ja, die Erinnerung verlieh ihr sogar Kraft.

Die Tür flog auf, und Joe stürmte herein. »Was ist hier los?« fragte er mit sorgenvoller Miene. »Mara, was ist passiert? Ist Frankenstein in den Streik getreten?«

»Ich glaube, das Schwungrad klemmt«, antwortete sie mit einem dicken Kloß im Hals. Sie wich Joes Blick aus, denn wenn er ihrem begegnete, würde er sofort erkennen, daß Hannah und Frankenstein nicht das geringste fehlte.

Doch das sollte er auch so schon bald genug feststellen. Er packte das Rad mit beiden Händen, und es ließ sich kinderleicht bewegen. Die Brücke begann sich zu heben.

»Nicht!« Mara lief zu ihm und drehte das Rad

zurück. Langsam senkte sich die Brücke wieder.

»Was soll denn das?« fragte Joe.

Die Antwort blieb Mara erspart, denn in diesem Augenblick platzte Freddie herein. Wild gestikulierend berichtete er Joe und dem Polizeibeamten, der ihn begleitete, von dem Piratenschiff, das in der Bucht festsaß.

Mara blickte ihm und dem Polizisten nach, als sie zum Schiff hinunterstiegen. Im Wärterhäuschen wurde es still. Oben auf der Brücke herrschte helle Aufregung, und die Autofahrer hupten wütender als zvuor, doch in der Bucht blieb alles wie es war. Die einzigen, die sich frei bewegen konnten, waren die Möwen über den Köpfen der Sportfischer.

Die Brücke blieb geschlossen.

»Bist du dir eigentlich im klaren darüber, was du angestellt hast?« donnerte Joe so zornentbrannt, wie Mara ihn noch nie erlebt hatte. »In einer knappen halben Stunde hast du gegen sämtliche Vorschriften verstoßen, die es gibt.«

»Ich mußte ihm doch helfen«, protestierte Mara.

»Nein. Deine Aufgabe ist es, zuerst an die Schiffahrt zu denken, damit die Boote sicher und ungehindert passieren können. Ich habe dir die Brücke anvertraut. Nichts ist wichtiger als die Schiffe, die hier verkehren, nichts sollte dich davon ablenken. Es will mir nicht in den Kopf, daß du so etwas tun konntest, Mara. Nach jahrelanger Ausbildung . . .«

Mara schaute aus dem Fenster. Von ihrem Standort aus konnte sie sehen, wie sich Freddie und der Polizeibeamte auf dem Schiff mit mehreren Männern unterhielten. Einige Zeit später hielten sie Plastiktüten in der Hand. Freddie schaute zu ihrem Fenster hinauf und streckte siegessicher den Daumen in die Höhe.

Lächelnd drehte Mara sich um. Zum ersten Mal seit Monaten war sie mit sich und dem, was sie tat, zufrieden. Joe verstand sie nicht, aber Mara wußte, daß Jennifer sie verstanden hätte.

»Da gibt es gar nichts zu lachen, Mara«, schimpfte Joe weiter, wobei er unruhig auf und ab lief. »Sieh dir den Stau vor der Brücke an. Er ist bestimmt über zwei Meilen lang. Sogar im Radio wurde er schon gemeldet. Und schau mal in die Bucht hinunter, was sich da alles angesammelt hat, wieviel Einnahmen den Fischern entgehen . . . Wer weiß, wie lange es dauert, bis dieses Chaos entwirrt ist. Eins sage ich dir, Mara, und ich meine es wirklich ernst.« Joe wedelte ihr mit dem Zeigefinger vor dem Gesicht herum. »Du kommst erst dann wieder her, wenn du die Abschlußprüfung bestanden hast. Kapiert?«

Joes Warnung interessierte Mara nicht. »Es tut mir leid, Joe«, sagte sie. »Aber ich würde es jederzeit wieder tun, weil ich finde, daß es dabei um viel, sehr viel geht. Aber keine Sorge. Wenn ich das nächste Mal herkomme, dann nach der Prüfung. Darauf kannst du dich verlassen.«

Dann gab sie ihm einen Kuß auf die Stirn, denn es tat ihr leid, daß sie ihm weh getan hatte. Sie lief über die Brücke, denn es gab etwas, was sie jetzt tun mußte, was ihr schon die ganze Woche nicht mehr aus dem Sinn gegangen war. Seit Jennifers

Beerdigung war sie nicht mehr auf dem Friedhof gewesen.

Er lag zehn Blocks entfernt am Meer. Mara trat an den Grabstein, dessen Inschrift lautete: *Sie hinterließ tiefe Spuren im Sand. Jennifer Grant 1970 – 1987.*

»Jenny, du fehlst mir so«, sagte Mara, nachdem sie sich niedergekniet hatte. Bestimmt hätte Jennifer einen beißenden Kommentar dazu abgegeben, was sie als nächstes tat: Sie begann mit den Händen ein Loch zu graben. Als sie mit der Tiefe zufrieden war, zog sie den goldenen Armreif hervor, den Mrs. Grant ihr geschickt hatte. Sie legte ihn in das Loch, schüttete es wieder zu und ebnete die Erde ein.

»Ich fand, du solltest ihn bei dir haben, Jennifer. Jetzt sind wir wieder irgendwie miteinander verbunden. Nichts kann uns auseinanderbringen. Auch wenn sonst niemand verstehen kann, was an jenem Abend passiert ist, du kannst es, das weiß ich. Es tut mir leid, Jennifer. Wir waren so dumm. Wahrscheinlich denkst du darüber genauso wie ich. Ich werde es nie vergessen, Jennifer, niemals. Dich werde ich auch nicht vergessen. Ich wollte, daß du weißt, daß du immer meine beste Freundin sein wirst.«

Mara verließ den Friedhof mit dem Gefühl, daß sie und Jennifer sich tatsächlich getroffen hatten. Und am nächsten Tag, dem siebzehnten Mai, würde sie sich mit jemandem treffen, der ihr auch etwas bedeutete, jemand, der mit einer Pizza in der Hand am Pier auf sie wartete.

13

Für Freddie fügte sich am Ende also doch noch alles zusammen, und für Christopher war es ein Erlebnis, daran beteiligt zu sein. Mit vor Aufregung gerötetem Gesicht stand Freddie neben Mara, Joe und Christopher in der hinteren Hälfte des Raums.

»Sei stark, Freddie«, feuerte ihn die dunkelhaarige Sylvia an, eine Frau, die an vielen Demonstrationen teilgenommen hatte.

»Heute sorgen wir dafür, daß sie der Wahrheit ins Auge blicken.« Manny, der sein Fischerboot an Sportfischer vermietete, rieb sich die Hände.

Freddie rückte seine Krawatte zurecht und knöpfte hastig das Jackett seines grauen Anzuges zu. Christopher konnte sich gut vorstellen, wie er sich jetzt fühlte. In einer Schürze am Herd wäre ihm bestimmt wohler gewesen, aber einen Rückzieher konnte er deswegen nicht machen. Er hatte den Kampf in der Stadt begonnen, und er würde ihn auch beenden. Und einen Kampf, das wußten sie alle, würde es noch geben.

Der Raum war bis auf den letzten Platz gefüllt. Vertreter der Wirtschaft und der Verwaltung saßen neben Wassersportlern und besorgten Bürgern. Der in der Lokalzeitung erschienene Bericht über das Piratenschiff, das gefährliche Abfälle nur wenige Meilen vor der Küste ins Meer kippte, hatte in der Stadt für großes Aufsehen gesorgt.

Der Stadtrat saß an der Stirnseite des Raums hinter einem großen Schreibtisch mit einem Mikrofon darauf. Auch als der Vorsitzende versuchte, für Ruhe zu sorgen, strömten weitere

Zuschauer herein. Einige standen mit Plakaten und Transparenten an der Tür.

SCHLUSS MIT ABFÄLLEN IM MEER. ABFALLSCHIFFE WEG VON DER KÜSTE.

Bewirkt hatte das alles der Zwischenfall mit dem Piratenschiff. Es waren nicht nur die Fotos gewesen, die Freddie an dem Tag gemacht hatte, als Mara die Brücke geschlossen hielt. Es war auch die Zeugenaussage des Polizisten, der an Bord gegangen war, und die Aussage einiger Fischer, die das Boot beim Abkippen des Mülls zwar beobachtet und fotografiert, aber zunächst nichts unternommen hatten. Auch andere Einwohner der Stadt, die von der Verschmutzung ihrer Strände genug hatten, begehrten nun auf.

»Dieser Abend ist dein Abend«, sagte Christopher zu Freddie. Er saß neben Mara und spürte, wie sie nach seiner Hand tastete. Er zog sie nicht weg, denn es war eine Geste, die ihm ganz natürlich vorkam.

Die Fischer hatten als erste ausgesagt. Es waren zwei kräftige Männer, die aussahen, als seien sie gerade vom Fang zurückgekehrt. Sie trugen Wetterjacken und Hüte.

»Ich habe es mit eigenen Augen gesehen«, bestätigte der eine den Mitgliedern des Stadtrats. »Den Kerlen sind die Menschen hier gleichgültig. Wenn sie mit dem Meer fertig sind, bleibt den Urlaubern nur noch eine Kloake zum Baden. Und über die Aidsgefahr und die Krankenhausabfälle machen sich diese Müllschiffer erst recht keine Gedanken.«

Der andere Fischer war zurückhaltender. Er

lächelte zwar, doch seiner Miene sah man an, daß er sich vor so vielen Zuschauern nicht wohl fühlte. »Es ist schlimm dort draußen«, gab er zu. »In den Netzen hängen ganze Klumpen menschlicher Haare und die Hummerkörbe sind mit Klärschlamm zugedeckt. Der Küstenabschnitt hier ist der am schlimmsten betroffene im ganzen Land, ja vielleicht sogar in der Welt.«

Christopher wußte nicht, wo all die Menschen herkamen, oder wo sie vorher gewesen waren, aber an diesem Abend saßen und standen sie in diesem Raum und sagten einer nach dem anderen aus, und alle standen sie auf Freddies Seite. Sie kämpften für die Erhaltung des Meeres. Eine junge Frau mit hellblondem Haar und einer dünnen Brille zeigte mit dem Finger nach links. »Ist Ihnen bekannt, daß die Stadt Metro City täglich mindestens achthundertsiebzig Millionen Liter ungeklärte Abwässer in den Fluß leitet, der diesen Dreck dann ins Meer transportiert? Dieser ganze Dreck«, fuhr sie mit erhobenem Zeigefinger fort, »schwimmt genau dorthin, wo wir baden.« Wenn man die Leute hörte, hatte es den Anschein, daß es den Preis, den Freddie mit dem Verlust seines Restaurants und seiner Freunde gezahlt hatte, wert gewesen war. Christopher erkannte, daß Freddie das größte Opfer gebracht hatte, das möglich war. Sein Einsatz beim Demonstrieren vor Restaurants, dem Verteilen von Flugblättern und dem Versenden von Protestbriefen wurde belohnt durch die Aussagen der Menschen, die sich jetzt für die Erhaltung des Meeres einsetzten.

Ein Mann, der ein Komitee gegen die Zerstörung des Meeres gegründet hatte, sprach eine Stunde lang über die Verschmutzung der Ozeane, und der Stadtrat hörte zu.

»Das Gebiet um die Verklappungsstelle, wo jedes Jahr siebeneinhalb Millionen Tonnen Klärschlamm eingebracht werden, gleicht einer Jauchegrube. Wir nennen es ›das tote Meer‹. Auch ein Ozean ist nur begrenzt aufnahmefähig. Wissen Sie, was Klärschlamm ist?« fragte er, um gleich fortzufahren: »Unter Klärschlamm versteht man die festen Stoffe, die sich während des Klärverfahrens auf dem Grund der Anlage absetzen. Es handelt sich dabei um Giftstoffe und Industrieabfälle. Diese Industrieabfälle, zu denen auch Kunststoffe jeder Art gehören, bauen sich kaum oder gar nicht ab. Sie sinken auf den Meeresgrund und stellen dort eine tödliche Gefahr für Krabben, Hummer, Kleinlebewesen und Pflanzen dar. Was machen denn die Staaten, die keinen Ozean vor der Tür haben, in den sie ihren Dreck einleiten können?« fragte er den Stadtrat unter dem Applaus der Zuschauer.

Es gab allerdings noch eine Gruppe, die von sich reden machte. Unter lautem Geschrei drängten mehrere Dutzend Geschäftsleute und Restaurantbesitzer in den Saal. Einer von ihnen trat vor und richtete das Wort an den Stadtrat.

»Wenn Sie die Strände schließen, bis alles wieder sauber ist, geht uns die gesamte Sommersaison verloren und damit vernichten Sie unsere Geschäftsgrundlage. Wenn Sie das tun, werden viele von uns aufgeben müssen. Wir werden unsere Mieten und Unterhaltskosten nicht mehr bezahlen können. Sie müssen die Strände zur Saison wieder öffnen.«

»Wie könnten wir das?« gab ein Ratsmitglied zurück. »Wir können doch niemanden in Nadeln treten oder in einem verschmutzten Ozean schwimmen lassen. Was Sie verlangen, hieße, die Touristen in Gefahr zu bringen.«

»Ich bitte Sie nur darum, die Sommergäste selbst die Entscheidung treffen zu lassen«, fuhr der Geschäftsmann fort. »Wenn die Urlauber schwimmen wollen und der Bakteriengehalt höher als normal ist, sollen sie selbst entscheiden. Überlassen Sie das den Touristen, ob sie am Strand spazierengehen wollen, wenn Nadeln angespült werden. Sie können ja aufpassen. Das Meer und die Strände sind nicht unser Eigentum. Wie können wir sie anderen verbieten?«

Es kam Unruhe und Bewegung in die Zuschauer. »Eines sage ich Ihnen«, fuhr der Geschäftsmann mit erhobener Stimme fort, »wenn die Strände nicht geöffnet werden, verlasse ich die Stadt.« Die anderen Geschäftsleute um ihn herum äußerten Zustimmung.

Christopher war auf das heftige Wortgefecht der beiden Gruppen, das nun folgte, nicht vorbereitet. Zwei Polizeibeamte traten hervor und beendeten den Streit.

»Das ist ja furchtbar«, sagte Mara. »Jetzt bekämpfen sich die Einwohner derselben Stadt schon gegenseitig.« Sie hielt Christophers Hand fest umklammert. Er fand, daß in ihrer Gegenwart nichts so furchtbar sein konnte. Irgendwann in den vergangenen Monaten war er zu dem Schluß gekommen, daß Mara einen Annäherungsversuch wert war, obwohl er das Risiko barg, enttäuscht zu werden. Doch sehr zu Christophers Überraschung hatte sie ihn nicht abgewiesen. Jetzt drückte er ihre Hand und wandte sich wieder dem Geschehen in dem Raum zu.

Ein Arzt sagte aus. »Diesem Staat stehe Fälle von Cholera, Typhus und anderen Infektionskrankheiten ins Haus, es sei denn, die Umweltbehörden verbieten die Einleitung von Klärschlamm zwölf Meilen vor der Küste.«

Ein anderer Umweltexperte meinte: »Eine Müllkippe auf hoher See ist ein Lager für Gifte aller Art. Sande, Schlick und Klärschlamm enthalten Schwermetalle, Kohlenwasserstoffverbindungen und polychlorierte Biphenyle, besser als PCB bekannt. PCB stellt selbst in kleinsten Konzentrationen eine chemische Zeitbombe für alle lebenden Organismen dar. Cadmium, Quecksilber und andere Schwermetalle sind bereits jetzt in fast jedem Lebewesen im Meer enthalten.«

Es war, als sei jeder der Versammelten Teil einer Armee, deren Kampf der Meeresverschmutzung galt. Es wurde verlangt, daß die Regierung die Anträge auf Verlängerung der seit 1924 bestehenden Verklappungserlaubnis vor Star-Brite nicht genehmigen solle. Und als es um das Piratenschiff und andere dieser Art ging, mußte ein Regierungsvertreter einräumen, daß man über zu wenig Kräfte verfügte, um die Schiffe überprüfen und die Einhaltung der Vorschriften wirksam überwachen zu können.

»Auch wenn wir die Abkippstelle hundertsechs Meilen vor die Küste verlegen«, gestand ein Beamter ein, »haben wir gar nicht das Personal, um die Einhaltung der Gesetze sicherzustellen. Da bedarf es schon solcher Leute wie der jungen Dame an der Brücke. Sie hat sich soviel Gedanken gemacht, daß sie wochenlang Ausschau hielt, bis sie Erfolg hatte. Aber solche Menschen sind leider die Ausnahme.«

»Er meint mich«, flüsterte Mara. »Er spricht von mir.« Christopher sah das Leuchten in ihren Augen. Als Jennifer noch lebte, hatten sie bestimmt immer so geleuchtet.

Die Debatte dauerte noch Stunden. Die Schiffseigner versuchten, sich zu rechtfertigen. Sie wurden ausgebuht und sollten niedergeschrien werden, doch der Versammlungsleiter sorgte für Ruhe und forderte, daß man alle zu Wort kommen lassen sollte.

»Wir leben in einer Demokratie«, stellte er klar. »Jeder in diesem Raum hat das Recht, das Wort zu ergreifen.«

»Es dauert zwölf bis achtzehn Monate, bis uns die notwendige Ausrüstung für das Verklappen einhundertsechs Meilen vor der Küste zur Verfügung steht«, erklärte einer der Verantwortlichen den Anwesenden, die sich wieder beruhigt hatten. »Sie glauben, daß es dadurch besser wird. Dieser Meinung bin ich nicht. Es wird uns nämlich mindestens fünfundzwanzig Millionen Dollar kosten, und man muß davon ausgehen, daß Sie diesen Betrag in Ihrer Abwasserrechnung wiederfinden.«

»Warum suchen wir nicht nach einer anderen Lösung?« schlug jemand vor.

Viele nahmen den Vorschlag auf und meldeten sich. »Wiederverwertung! Weniger Verpackung! Müllvermeidung statt Verwertung!«

»Man darf vor der Realität nicht die Augen verschließen«, warf ein anderer Schiffseigner ein. »Wir werden zusätzliche Schiffe zum Transport des Klärschlamms bauen müssen, wenn weiter draußen verklappt werden soll. Für die zur Zeit vorgeschriebenen zwölf Meilen benötigt man hin und zurück bereits neun Stunden, bei hundertsechs Meilen verlängert sich die Fahrt auf zweiundsiebzig. Wir würden dafür Tanker verwenden müssen. Sie sehen also, daß es Unsummen kosten würde. Eine Großstadt müßte allein für den längeren Weg mehr als dreieinhalb Millionen Dollar im Jahr ausgeben.«

Dann war Freddie an der Reihe und er drückte Christopher und Mara lange die Hand. »Danke, Kinder«, sagte er. »Ohne euch hätte ich es nicht geschafft.«

»Ich liebe das Meer«, begann er dann zu sprechen. »Aber das Meer ist nicht unbegrenzt aufnahmefähig. Es ist ein Irrglaube, wenn man annimmt, daß es wegen seiner Größe gar nicht völlig verschmutzt werden kann. Jedes Gewässer kann sterben. Wir haben dem Meer seine Großzügigkeit uns gegenüber auf übelste Weise vergolten, und die Folgen sind katastrophal für die Gesundheit der Bürger, katastrophal für den Fischfang und genauso für die Wissenschaft. Wir wissen schon lange, daß kleine Fische und Pflanzen an den Giftstoffen zugrunde gehen. Dadurch fehlt den größeren Fischen die Lebensgrundlage, so daß sich ihre Bestände und damit die Fänge der Fischer verringern. Wir müssen den Tatsachen ins Auge sehen. Die Küstenbewohner und die Touristen schwimmen ja nicht im Dreck anderer Leute. Es ist unser eigener Dreck, der die Strände und Gewässer verschmutzt und das Leben im Meer vernichtet.«

Freddie drehte dem Rat, zu dem er gesprochen hatte den Rücken zu und wandte sich an die anderen im Raum. »Die Muschelernte in der Bucht ist schon verboten, und mehr als einmal pro Woche soll man Fisch aus den hiesigen Gewässern nicht essen. Der Meeresgrund ist zu einem Großteil mit Abfällen bedeckt und mit einem Fangverbot belegt. Jeder Tag, der verstreicht, bedeutet weitere fünf Schiffe mit zehntausend Tonnen giftigem Klärschlamm nur zwölf Meilen vor der Küste. Wissen Sie, welche Gefährdung das für Ihre Gesundheit darstellt?«

Freddie besann sich kurz und sagte dann: »Wir können uns keine weiteren Fehler erlauben. Die Folgen für unser heutiges Tun werden unsere Urenkel tragen müssen. Versetzen Sie unserem Meer nicht den Todesstoß«, appellierte er an alle.

Applaus brandete auf, und viele liefen auf ihn zu, um ihm zu gratulieren. Als schließlich wieder Ruhe einkehrte, ging Freddie noch einmal zum Tisch hinüber, an dem der Stadtrat saß. Er trug eine Schüssel in jeder Hand und hielt sie so, daß alle sie sehen konnten. »In der einen Schüssel ist ein Schwarzfisch. In der anderen ein Barsch«, erklärte er. »Sie sollten alles hören, was hier gesagt wurde. Wir werden sie jetzt aussetzen, damit sie den anderen Fischen im Meer davon erzählen können. Möchte jemand mitkommen?«

Alle wollten es, auch Christopher und Mara. Sie folgten Freddie durch die Tür und hinunter an den Strand.

Es war ein fast feierlicher Augenblick, als Freddie am Wasser stand und ein Versprechen gab. »Ob Schlamm oder Nadeln, wir werden aufräumen, das schwören wir. So wie das Meer jetzt ist, haben wir es nicht vorgefunden, und wir wissen, daß ihr mehr von uns erwartet. Sagt den anderen Fischen, daß wir es diesmal ernst meinen.«

Die Seemöwen schrien, als ob sie ihm zustimmten. Wind kam auf, als Freddie ohne Rücksicht auf Schuhe und Hose ins Wasser watete. Dann entließ er die zwei Fische in die Freiheit. »Vor Freddie liegt eine Menge Arbeit«, meinte Christopher, während die Menschen sich um seinen Freund scharten.

»Nicht nur vor Freddie.« Mara bückte sich, um eine Plastiktüte aufzuheben. Dann gingen sie Hand in Hand zu den anderen hinüber.

ENDE

Band 18 200
Nadine Roberts

Alles Liebe, Marylou
Deutsche
Erstveröffentlichung

Seit Marylous Adoptivvater Ed keinen Job mehr hat, ist er unausstehlich und behandelt sie wie ein Dienstmädchen. Sie muß die ganze Hausarbeit machen und außerdem noch ihren kleinen Bruder Sam versorgen. Schon oft hat Marylou mit dem Gedanken gespielt, einfach wegzulaufen, aber sie fürchtet, daß ihr Vater dann seine Wut an Sam ausläßt. Als er eines Tages den Jungen ohne Grund schlägt, steht ihr Entschluß fest: Mitten in der Nacht verläßt sie heimlich das Haus – mit Sam . . .

Band 57 516
Janice Stevens

**Karin, fünfzehn,
Ladendiebin**
Deutsche
Erstveröffentlichung

Karin ist fünfzehn, hübsch und beliebt – und sie wird
von den anderen Mädchen in ihrer Klasse glühend
beneidet, weil sie mit David, dem Star des Football-
teams, zusammen ist. Kein Wunder, daß sie sich für ihn
so schön wie möglich machen will. Aber das ist gar
nicht so einfach bei dem bißchen Taschengeld, das sie
bekommt, seit ihr Vater arbeitslos geworden ist. Als
Karin eines Tages in einem Geschäft einen teuren
Traumpullover sieht, tut sie etwas, das sie noch
schrecklich bereuen wird ...

Sie erhalten diesen Band
im Buchhandel, bei Ihrem
Zeitschriftenhändler sowie
im Bahnhofsbuchhandel.

Band 57 517

Ann Rabinowitz

**Wer denkt an uns,
wenn ihr euch trennt?**

**Deutsche
Erstveröffentlichung**

Immer schon hat Bethie ihre Freundin Grace um deren wundervólle Familie beneidet. Sie selbst lebt mit ihrem strengen Vater und ihrer gleichgültigen Stiefmutter zusammen, seit ihre Eltern sich vor ein paar Jahren scheiden ließen. Bei Grace und vor allem bei deren Vater Ben hat Bethie die Geborgenheit gefunden, die sie zu Hause vergeblich sucht. Und nun hat Ben seine Familie plötzlich wegen einer anderen Frau im Stich gelassen!
Verzweifelt versucht Bethie, ihn zu verstehen – und verrät dabei die Freundin, die ihre Hilfe gerade jetzt so nötig brauchen würde . . .